階級病院

Original sin of class

馬欣

Ma Hsin

你就是個假日，一個那麼美好的假日，
讓我認為一切是值得的，
如果當一個玩偶，就能取悅你的話，
哪怕你一時不稱心，就朝我丟起石頭來，
丟起石頭，丟起了石頭。

——Bee Gees〈Holiday〉

好評推薦

（以姓氏筆劃排列）

看過無數電影聽過無數音樂，會發現自己匍匐而來的這段人生，原來竟是至今最為荒謬費解的一個怪奇文本。感謝馬欣奮力投出的這記直球，既無閃躲也沒取巧，勝負的定義已被改寫，因為勇敢、不羈，所以超越、自由。

——李明璁（社會學家、作家）

尼采言「當你長久凝視深淵時，深淵也在凝視你。」但當那深淵的黑如同白晝般的光亮，抑或那沉化作空氣般的吞吐時，身處在這世界中的我們，又有多少人知道自己在凝視著深淵？於是馬欣透過文字讓深淵來凝視你，同時提醒著我們，這句話的前半是「與怪物戰鬥的人，應當小心自己不要成為怪物。」

——李取中（《大誌雜誌》、《The Affairs 週刊編集》總編輯）

她以文字修出一頂頂娉婷樹蔭，在這個正能量高掛的當今，讀者於是動心了，到底要繼續給明亮地曬，還是縮進一種黑暗，不再想做英雄，而能如同《四重奏》的角色般——幸福地卑微著。

《階級病院》篇篇均為作者沒有藏招的洪荒之作，堂堂有精選輯之姿，慎重推薦給各位喜愛馬欣、喜愛觀影，以及喜愛深刻思考之人。

——吳曉樂（作家）

我是看了馬欣影評才知道她這個作家，邊看邊想這何止影評，更像質地純粹、體貼人心的散文，如今才有幸讀到她的《階級病院》。馬欣的文字有種獨特聲腔，淡淡說出極愛極痛，熾熱轇轕的光景。就像她的「流冰」意象。冽冽冷冷、底下卻是鮮烈熱情。每個人都是一座浮島，都像一塊流冰，沒法溶解成海水，也回不去原本的冰層。魑魅搏人，世情消磨，只能這麼漂流下去。

——祁立峰（作家、中興大學中文系副教授）

馬欣說話的聲音很細，臉上總掛著「外頭處處是陷阱所以要小心！」溫室花朵的表情，不像讀她文章時，字裡行間盡是豁出去的篤定。在我心目中她是輛在文字裡衝撞的跑車，零到一百之間的距離緊密到已經分不清是靜止還是疾行、是黑是白、是淡然、還是悲傷，只看到整本……一頁頁的煞車痕，情感濃度之高，觸目驚心。

從《階級病院》，看見她心中如履薄冰的世界原來不只有腳下踩著的天寒地凍，更多的是胸懷裡無限滿載的細膩情意，輻射般投向人心的能量太熱太重，釀造著時事以及專屬於自己的史詩。這杯美酒，我喝得過癮！

——徐佳瑩（創作歌手）

我一直是馬欣的讀者，她自在出入於各種寫作題材的功力，總是教我敬佩，而且，她是一位這麼知道節制的，把自己的 ego 掩藏在文脈中的書寫者。《階級病院》所收集的文章，是馬欣多年來第一次比較明確地談到自己，她在回憶的暗室裡，反覆沖洗出一個早熟少女的身影。

保守的教會女中、餐桌旁的家族角力，她像《海灘的一天》裡那個離家前的女孩，隔著一塊毛玻璃，觀察著、窺視著，也丈量著那病態的校園戰場，以及偽善的大人世界。當時站在玻璃後面張著冷靜的眼，覺得自己「不成形狀」的女孩，正是後來我們知曉的，作家馬欣的原型。

——陳德政（作家）

多年來閱讀馬欣的文字，總感覺她的寫字桌旁有一扇小門，裡面藏著各種幽魂與哀傷，不時會衝出來在紙上留下字跡。那是被她封印的，關於世界的真相吧！所以這一回，我真高興看到她終於打開門，直接走進去了。關於幸福的空缺，性別的面具，霸凌者的模糊臉孔，甚至體制的沉默殺人，看她直面這一切，過癮又心疼，又隱約知道：這才是讓她覺得安適的地方。雖然名之為病院，亦即是各種苦痛、異常聚集的地方，但傷口就是要通風，才能夠好好地結痂，乾燥，風化。走完這一遭，她是不是好些了呢？

至少身為讀者的我，真的覺得強壯一些些了。

——張硯拓（影評人、釀電影主編）

童年終於摘下了它歡愉的面具，那些當你還未意識到之前即已發生的階級傾斜。所有的孩童都必須奮力生長，或選擇性遺忘。一直到某個年紀之後，馬欣重新喚起了它們。恍然大悟之後你明白：原來在那麼幼小艱困的時光裡，如果曾擁有一本書，或僅僅是一個人的理解，那是多麼幸運，也是少數可以在幽暗中保護自己的事。謝謝馬欣。

——雷光夏（音樂創作者）

馬欣說過，每個人的天堂或許就是對別人的一點善意。宇宙萬物都是共生並存的，有了天堂的人肯定走過了地獄，而每個人的地獄都不一樣。我一直好奇馬欣經過什麼樣的地獄，讓她的筆鋒像手術刀。劃開皮膚，不需麻醉也不會疼痛，你立刻看清裡面潰爛壞死的組織細胞，還來不及哭喊她已幫你輕輕闔上傷口，像魔術一樣。告訴你，沒關係，知道就好。請充滿善意吧。

——鄧九雲（演員、作家）

即使世代更迭，在各種思想上除舊佈新，「階級」確實依然存在於空氣與血液，只是後天上多了更多改變位階的可能。像馬欣這樣去抽絲剝繭世界每一角落階級之痕的人，實在是非常勇敢。畢竟，憤怒悲傷都是赤裸，而階級裡的眼光，即使邪惡了也鮮少自知。於是在閱讀這本書的同時，或許讀者們都被迫檢視了自身也不一定。最後可能沒有誰特別清高，但如果能發現自己內心掩藏的情感比想像中不孤獨一些，那其實挺好的。

——鄭宜農（創作歌手、作家）

馬欣老師的文字，像是捨生取義的烈士，像是照見啟示的先知，在你試圖放棄，準備把自己塞進妥協的舒適圈裡，她總有辦法點醒我們這些不合期待的怪胎女孩們，然後靈魂能再次被啟動、被覺醒。

——謝盈萱（演員）

輯一
流冰上的童年：關於「家」的階級暗湧

輯二
撕不掉的另類魔咒：身體與性別的階級戰爭

輯三
我們真的面對霸凌了嗎：階級下的人性之惡

輯四
貧瘠中各自妖異：試圖衝破階級的那些人

輯五
黑暗前的殘響：影像與文字的階級展演

輯一
流冰上的童年：關於「家」的階級暗湧

我在流冰上
長大的童年

那碎了的冰塊，游移著各種方向。
像一種身體政治的質問，
到底要變成什麼樣的女生？
我能做到最微小的叛變是什麼？

印象中都是碎碎的，我的牆壁。沒有門，只有我是堅固的，注定是頑石。

不知是幸還是不幸，童年的我行走在家與學校的道路間，影子有黏性似的，彷彿隨時可摘除，於是我沒事便在心裡摳著，像撕掉指甲旁破皮的癮，想像那痛楚的撕裂感。忍不住想把我在眾人面前的「乖巧圖像」摳得支離破碎，後來就這樣七七八八的長大，如果沿途掉了什麼，那就硬卡上去，螺絲也不想轉穩，長大以後成為一個積木人一樣參差又完整的我。

好像隨時可以抽出一角來，讓風整個灌進來的痛快。自己則像過了慶典的鯉魚旗，以快要飄走來證實自己有綁好的穩靠。

日子嗎？腳下如同是有碎裂痕跡的冰層，怕一個踏步，底下的碎裂痕跡更深，耳邊幾乎能預設自己會聽到嘰喳的聲音，是否下一步就要掉下冰凍的海裡？我問自己。要輕一點走啊，別驚動上面或下面能下指令的誰。同時之間，又在心底生出是否要再用力一點，再用力一點是否真會「消失」在人前的試探，這點一直在搔癢我的內心。

逐漸它變成一個很有趣的成長實驗，我看著冰面上映照出來的我，「她」彷佛如我的雙生子在微笑著，即便我的臉是多戰兢的神色，「她」仍在挑戰我墜落的勇氣，始始終終的每一天，我都還在摘除那些語焉不詳的影子。

我們家族的形象，人口不多，像有人把米粒四散在各地。我們家的人如果放在地理圖上，是個互相距離很遠的列國。島嶼型的國家更多，各自衍生出自己不同於其他家人的形象，刻意插上與眾不同的旗幟，專注無人注意的升旗，那些如同立基於過久沉默的餐桌談話，誰也不想像誰的強悍。多半都是女性，追求各自以為的自由，結果卻簡直像同一個人結痂之後的反覆重生。

女生個個都是從排練中長大，我看著有家人選三毛浪逐的路線（但她心中對家又有頑強的依戀）、有人選瓊瑤的夢境。我印象最深的長輩則選擇擺脫男性社會的束縛，她一生如高空彈跳般生活，看似離得再遠也會被彈回，啪搭的痛啊。我外婆，我的樹根，總想像持家的她的天與地，可以讓我翻滾，當時她的庇護好似沒有盡頭。

但我在這屋子的一角，也看到了這世界有女生貼了緊緊的膠帶，纏滿得像繭，她總提醒身為家族成員的妳，「要乖要乖要乖啊。」她是很美的人，直到她被她男人踢到樓下流了產。我當時聽起來像個傳說一樣，還沒電視上婦人哀哀上告的真實。

另一位像將社會的橡皮筋綁在身上，頭髮每日盤得俐落，一根髮絲都沒落下來過，她每一步都讓高跟鞋為她發出了聲響，像要走出去，把這個家的幅員走得大大的。我知道她走去很遠的地方了，甚至在那時代走到不少男人聽她命令的狀態。

但一旦心的防守潰不成軍，或是她男人後來在餐桌上安靜如死寂，她的另一個形象則會癱軟地流進小小的妳的內心。那麼強悍的女生化泥化水的，涓涓細流進妳的心裡，進入妳縮在其中的防空洞，裡面盡是她跟父權這地心引力對抗的身影。妳那時還小，知道她是支撐這家族的長輩，男人的沉默像幽靜的大海，隨時等著她虛位離開。

於是妳悲傷了，這是一個會垮掉的王國，如果她的意志出現裂痕的話。即便是這樣的女生，也只是將自己這有機體磨出厚實疤痕與保護殼。後來的晚輩知道她活得辛苦，於是懂得透過自己性別的優勢藉力使力，一位以才女自居，但其實與命賭博似的讓她找不到歸宿；另一個又是如此漂亮，因此太早知道那權力的甜頭。其他陸續加入的家族成員，男女皆乖順安靜，其實各有潛伏，因為誰都欲言又止。妳在這粉紅色的王國學到什麼？

在看到碎痕冰面上長期佇立的我，後來成為一個不成形狀的女生。久了像頑石一樣，混著砂泥長，是沉默了太久的童年，看著大人咬著權力，是那從沒進入搶奪核心的老么，看著冰下的裂痕。後來女強人長輩一走，家變成浮冰一般，我跟這許多的熱鬧長大，獨處在沒有人真講話的喧鬧中。

那碎了的冰塊，游移著各種方向，像一種身體政治的質問，到底要變成什麼樣的女生？我能做到最微小的叛變是什麼？腳下的冰層融得差不多，已難想像原來家的模樣。容納了太多身體政治的家族，是我愛看這大戲，還是原本就是會碎的冰？每個顏色還在鮮亮時，都先看到了落幕時掉的灰。因為戲太浮誇，豔太刺人了。

與其他家人差距了十幾歲的我，保持了過分的距離，看著她們如此漂亮，幕起戲落都看了，旁觀人的瓜子也散了一地。儘管故事是跟男人的分庭抗禮，但舞台上，人們興奮賭著的還是那些女子的命運。看她們這樣過，是否也能梭哈到底？如此被栽培著，但像栽對花盆的蘭花，身價儀態綁著她們，百廢待舉的年代給了那些仕女舞台，不同於我在電視上看到哭哭啼啼的女性，她們每個都要襯著自己的家族，即便是打著文藝旗幟流浪的阿姨。

然後逐漸知道有人看戲的仕女們，終究賭著體面，打了一場辛苦的仗，無論婚姻離異與否，或有沒帶著傷疤回家，讓我總想到《大亨小傳》的黛西，美著儀態、琢磨著他人評價，那後面飄盪的除了裙擺，還有什麼破破的、如風灌進的啪啪作響，如此完美，相當於如此缺憾。

那些沉默的男人，在女強人長輩過世後，也就紛紛拿了家產散去，家族後來也因為時代這把斧砍下而沒落了。而我那時還沒真正長大，正學習著綁馬尾，跟同學討論星座與唇蜜，抑或是在偶像身上找到自己的幻影。但我總不入戲，那冰層下偷窺的倒影大抵才是我自己，女人美豔豔流水般離去後，場子總是清冷的家裡，來不及長大的我，清理她們大把華服，有的像旗袍一樣，放久了死紅般，衣櫃裡的樟腦味，漾著風光後的殘絮，飄出的味道總有幾分怨念與印象中的昂揚。戲服從不嫌多，淹出來的都是歲月渣籽。

後來他們覺得我傻吧，不懂身體政治，不像家裡哪個女性長輩，也不像某位阿姨風雲一時，我是瀝青色的，家裡同輩的少數幾位早已趁著最後風光出國，我獨自看了這一輪仕女秀的結束，冷豔豔的留在我骨子裡。場子的光鮮如泡影般不斷縈繞，顯然我簾幕都還沒拉上時，新的時代就這樣灌了進來。

難免哆嗦，關上在碎牆上並沒有的門。

冰層終究是破碎了，我活在想像中的家，只是它變成是海洋，確實存在但無法想像。只要我不伸出手去，就一切穩當，以為家和萬事興。

一個洋娃娃的生與死

她沒有不美麗過，
但她從來無法確認自己擁有了什麼。

時間如脈脈涓流，日子讓人感覺像河，但其實臨到了，都知道那其實像是海浪拍打岩礁的感覺。衝擊後，又碎碎的舉棋不定，直到下一波浪打來時，礁岩仍無法回神這些衝擊為何交雜著乾涸的感受。

她是個體面人，生來體面，也決定要體面。

十七歲的她與一群逃難的人都窩在火車站的月台，人們有些把最好的家當都帶出來，盜竊的事情在人群中時有所聞，但沒有人理。當時她身上的包裹有著母親少數兩件皮草，她腳上穿的仍是上海租界才買得到的時髦鞋款，在與死亡危機這般摩肩擦踵的時候，她像個洋娃娃一樣坐在火車月台上，跟她的妹妹，等著母親之後的會合。

但人潮如此洶湧，她看的每一個來者都可能是她母親，也每一個都不是。

她有著一張跟那時情景完全不搭的臉，有著東方人少見的高挺鼻子、偏淡的眼瞳、細緻的五官、因為早產而非常纖細的身子。幼年時長期微恙，讓她有種倦懶的富貴氣，她包袱中的一點黃金是未來能有飯吃的唯一指望。妹妹跟她長得完全不同，有著長期在太陽下玩耍的野氣；生命力是張揚的，隨時精刁地看著四周，散發著知道自己沒有什麼的心底餓。

洋娃娃那女孩的爸爸，是屬於注定逃不出來的那群，她懷裡包包仍有父親的潦草家書，但不多，多數東西來不及收拾走。她記得父親住的洋樓裡有很多書，他的書法掛在牆上，在戰爭開打前，那裡就像個夢境一樣的存在。她父親也有著清瘦的身子骨，神情是在某個溫潤時代下養大的從容，但也更早知道悲劇的到來。時代一被搓弄，那份書卷氣都清楚地灰飛煙滅。

後來看著洋娃娃女孩父親的照片，一身藏青袍子，五官俊朗，雖是闔家照的笑容，但嫌拘謹了些。幾分是屬於年輕人的憔悴，他笑著時，都落實了眼神的心事。

我看著她們長年掛在牆上的那幾張照片，對這生活中不曾出現的謎樣人物，也有了孺慕之情，總覺得他神情哪有那麼多千迴百轉的，總想問這位前人，遺憾從哪裡來？

有些人的眼神有火種，在少年時候，那把火是溫溫地燒，來自知道了必然的遺憾與世上的種種不完整。成年之後那把火還在一些疲憊的眼神中找得到，就算收了些，還是有零星餘燼，等著哪天乾燥的野風一吹。

自然歲月會將那點星火也熄滅，於是有了異樣的珍貴感。

洋娃娃女孩自小是最受父親疼愛的，她母親則是頭髮一挽就四處衝鋒陷陣。她的憂傷與她母親、妹妹都無法交流，那時各人忙著安身立命，心裡的憂傷都已不是正經事。在她父親過世後，她對家的記憶也失去了。

她後來是寄住在自己臉孔裡的，這張臉讓她太忙又太顯眼。家裡為逃難帶出的衣服當然都是選最好的，也沒法臨時買什麼，她就穿著上海當時的洋裝，偶爾披上母親僅有的那件皮草大衣出門，非常引人注目，也非常地隔閡於眾人之間。

我是到長大時，才知道這個臉孔近乎混血的女孩，在逃難來台時，穿著雜誌上才有的花洋裙，騎著腳踏車，在當時的校園裡會有多麼顯眼突兀。上同一間學校的妹妹與她不親，外表又為她說了太多的話。

她母親為了生存，到台灣不久後就改嫁了，那繼父與她們不親，也沒打算親。兩個女孩有各自的活躍，妹妹不斷地找才子，尋找她父親的影子，吃了敗仗就更上癮。那洋娃娃女孩很早就決定要把自己從這家趕快嫁出去，而且都找比她大上很多歲的對象。三個女人失去了那位留在大陸的男人後，都在找不同「家」的定義。她們原本在家鄉是體面的家世，於是呼吸一樣地要找的也是體面人、體面事。

體面是她的責任似的，外表與教養為那繼父家爭了光，追她的人也知道她體面，之後嫁了兩次，也分別為那軍官與商人爭了光，外表這麼體面，怎麼覺得她累。彷彿在她心中，只有她爸爸是可以無條件接受她的人。在條件這麼好的情況下，給了她相對的不安全感。

她沒有成為不美麗的人過，年長了也沒發福過，她無法確認自己到底擁有了什麼。婚姻不幸福，拖到很後來才離婚，因為大家都想要體面。

我曾問她為何不再畫油畫了，她說：「做這件事原本很有趣，後來這讓我發現自己很寂寞。」

一直細細推敲這個像洋娃娃的長輩，長得跟我們家人一點都不像，只像她那遺世獨立的父親的女孩，到底是怎麼過來的？聽到的都是她的風光史，是校花、自治會主席，但「父親的女兒」沒從她身上離開過。「家的條件論」始終存在，在那十七歲經歷了大逃難，父母都曾離開，這「家」始終一咫之遙，她沒回去過。

以前男生搶著想把她娶回去，但總沒有多久就知道這閨秀有她極為剛烈的一面，不知何故的各種挑釁、各種試探，這在婚前體面的她身上是看不到的。

後來知道她老時總在打聽被送勞改營父親的下落，拿著幾本輾轉收藏、曾刊登她父親文章的雜誌哭泣著。她的十七歲非常漫長，漫長到早就需要人擁抱。

直到她得了失智症，日子的浪雖一直打，也愈來愈無法像碎浪一樣暫留，記憶終成為一個不斷倒退的海岸線。體面與否也不再掛心，洋娃娃此時卸任了一般，不快樂也不哀愁，只是偶爾突然想反抗什麼，卻也說不上來的憤怒。

來不及想究竟要回到怎樣的家嗎？那十七歲如洋娃娃一般，因為兵荒馬亂在月台等候了兩天，終於等到了媽媽，但也只等到家的形式。無論時空如何轉換，世上的每一種完美，從來都只是成全了凋謝本身。

即使現實那麼空虛，
也讓我記住了愛

意味著一切割捨，
泛起暖玉似的皂香味；
那是讓人想念、
又那麼無能為力的傾斜世界。

她家中廁所裡的象牙肥皂曾是我很羨慕的味道，那是當時市面上飄散著所謂「舶來品」的味道。「舶來品」這三個字在八〇年代，是個令人興奮的字眼，當時只覺得味道陌生，跟肥皂原本的化學味相比，那白玉似的捧著，在想像上多了點暖度。但最重要的是，我外婆的頸肩聞得到這種象牙皂的味道。

那味道意味著，此時此刻的我是溫暖而安全的。

到外婆家時，就代表要過節了，會有大燒雞、炸的醋溜黃魚吃。窗台、掛很多照片的牆壁都是斑駁的舊，窗簾厚重到染了塵灰，加上老地毯的氣味，卻讓人覺得穩當，彷彿這裡時間可以過得慢慢的。加上有一位叔叔總是在門口喝高粱吹風的背影，讓我可以聞著七里香這麼醉著。

時光啊，你可以再慢一點來，在我準備好受傷前。

如果家中都是長輩，只有一個隔了兩代的孩子時，你知道你自己遲早會面對什麼。這是我為何每每看到隔代教養的家庭就感到不忍，為何看到電影《惡人》裡主角面對的只有他外婆與鄰居老人時，那比故事的開展還要讓我心感酸澀。

因為那孩子會知道死神在看著人們，氣味會不一樣，祂會透過一個人的氣息，讓你知道祂有多靠近你身邊哪一個長輩。尤其我家長輩有十幾人時，這對一個小孩子來講，並沒有所謂真正的「安全感」。

部分孩子是敏感的，跟狗會嗅到什麼、貓會看到什麼一樣。大人看不到的無形，有些孩子會藉由尚未退化的感官，知道什麼來了，什麼就要去了。不是鬼魂，是像花要謝時，你會聞到泥土不同的氣味；傾盆大雨前，你會先聞到雨氣一樣。因為以前的孩子比大人專心，在一把將時間擄走的 3C 產品發明前。

但唯有外婆頸肩的象牙皂味道，抵得過這一切即將失去的預感，好像它可以是永恆，可以餘味繚繞的。

我和她很親，是那種有默契的親密感，她是個備戰狀態的女人，包括在她的客廳，永遠梳整的包頭很少散落，旗袍是必須的打扮。她不能輸的氣勢擋在千絲萬縷之前，我很少看她鬆懈過，她有的是伸出手時帶爪子保護家人的覺悟，是我親愛的外婆。有一日她坐在我身邊說：「妳這樣寡言會吃虧的。」她很少小聲講話，於是妳知道她有當真，「這樣愛看書很好，但妳不能以為這樣就可以躲開與外界的接觸。」

我的那點小心思都被她看出來了，打開書，我是當拉簾子，以為可以藏老遠。人們稱她是山東大妞，可以豪邁地拚酒，可以跟男人在工作上一較長短，搶到先聲奪人，人們都知道她強悍。

她見我會心疼地笑，「妳該講都不講，該要的時候都不要，這樣反而讓人擔心。」這讓我想到一次她帶家中三個晚輩購物時，我挑了一個最便宜的小零錢包，她是同一種眼神看著我，像在告訴我：「這世界不是妳所想像的。」

但我就是不想要她為我花錢，會這樣彼此心疼著就夠了。人們都覺得她有辦法，錢再賺就有了，但我看到那烏黑包頭下終於出現了白髮，那幾根白髮走漏風聲，週日在大賣場裡隨風飄著，這麼多年始終因旗袍而挺直的腰，我想知道她是不是真有人可以依靠；這個我們家的巨人。

即使死神有多靠近，我都不想讓祂再接近那散發著象牙皂味道的她。

後來曾有一件事，諷刺了那象牙皂的存在。當家裡經商失敗，我們必須急忙找一處棲身時，很自然地投奔了外婆家。那一晚，我帶著我最心愛的兩本漫畫與教科書，與媽媽帶了兩個大包包連夜去了她那，因為原來的地方再也不能住了。

外婆家，這在我心裡面最無庸置疑的避風港。把東西放妥了以後，我與母親驚魂未定坐在外公的書房裡，扣掉那書櫃與桌子，能睡人的空間不大，但總是安心的，外婆會照顧我們吧。

這時就聽到門外外婆與她丈夫的爭執聲。「外公」非我們親生外公，是匆忙來台後，彼此尋個依靠的棲身，他們彼此的房間也隔了一條長廊。那外面忽大忽小的吵架聲，聽得出是外公不贊成收容我們，會影響到他之後的事業。畢竟我們這家的連夜逃跑與房子被查封，對他而言並不名譽，更會影響到他的仕途。

一向在餐桌上很安靜的外公與一直看來強勢的外婆，此時顛倒了位置，走漏了真相。聽著外婆被丈夫狠狠威嚇的一面，我與母親在房間裡盡量不出聲，但那天的洗澡水說明了一切，外公不准我們換新水洗。

那一池有人用過還溫熱的洗澡水，散發著仍是我喜歡的象牙皂氣味，但意義已經完全不同。

我看著那一池白色的水，像是想通了什麼，我想起我剛剛還覺得很可惜丟下的一箱玩具、那些不能帶走的衣服、我住久的房間，所有的割捨，都隨著這一池泛著白色肥皂沫的水，全成為我本來就該沒有的東西。想著就清楚了，假裝自己在洗澡地試著使力撥弄水，計算著人平均約十分鐘的入浴時間，不要讓外婆聽見任何為難，盡量讓一切平靜如昔。

只是記得在撥弄水時，我從窗外看的月色，即使這是看過無數次的角落，也覺得異常陌生。我看這世界那麼傾斜，或許是我已習慣這樣直視著它吧。

後來年紀漸長後，象牙皂變得再便宜，我也不敢使用它。

但仍記得那天晚上，外婆在我假裝洗完澡後，偷偷叫我進去她房裡，從裡面拿出一盒夏威夷巧克力，然後又從冰箱拿出她最愛的酒釀。我一口口吃著那盒只有親友從海外回來才能吃到的珍貴巧克力，她珍惜地一瓢瓢吃著那灌酒釀，我們什麼都沒說，她抱著我，讓我靜靜地哭了好一會兒。

那麼堅強的人，讓我看到了她在家裡的無能為力。

第二天，我與母親就必須離開了，那一天跟別的日子沒有不同，我們只是要再去找個地方住；我只是知道我必須在學校填寫任何家庭資料時說謊，以免惹人議論。一切必須沒有不同，這是我們所能愛彼此的方式。

就是知道妳愛我那就夠了，沒有安全的地方，這是個震撼教育，但也因此讓我知道妳有多愛我，在妳背負了這一切走過來，在妳讓我們總看到妳最好的一面後。在我心中，始終留下的是妳那晚為我們的遭遇而破涕為笑的一刻。

我親愛的外婆，走了二十多年了，我如今終於長大到可以將妳發白的青絲收攏在那包頭裡了吧，終於可以公開地表達心疼，那麼堂而皇之地說我知道妳辛苦了，妳這曾經被人稱羨的女強人啊。一個曾經打破男女階級往上爬，又被階級給摺倒的身影，即使這是多麼荒謬的一切，卻仍讓我記住了愛。

這就是夜了

每當夜晚一來，
這裡就是個大人的遊樂園了。

車子一個轉彎就進了陽明山仰德大道，那天夜涼如水，七歲的我好奇探頭吹風。那晚因為親戚的關係，跟著去了一場晚宴。到了才知道那裡有電視上才看到的官員、大明星。人們正吃喝著，那是一個露天的晚宴，台上有人歌唱，周圍有人送香檳，吃飯的時候可以看到不遠處的泳池波光粼粼。

燈打得像四面的星光，抬頭一看，好像這夜色是可以喝的，可以一飲而盡。

菜一道一道的送，我看著像仙女樣的大明星走過，一陣香味飄來，這裡是哪裡呢？山上好像只有這裡是鬧騰騰的，我一生只去過那樣的場合一次，彷彿有人在這山上一個人搭了一場戲，滿桌湯湯水水的是燉煮過的香氣，台上歌舞風雅，與家中打開的綜藝舞蹈不同，有著三分收斂的敬意，還有台下婉約謙恭的禮數。這場夢，像我被人敲醒了一樣，意會著這是我以後都不會再來的地方吧？

一場真實可吃的夢。

是闖入了什麼地方？我啜飲著那些湯肉，眼睛卻睜得老大，我的眼像目喝著酒氣，四面八方的人，比我口中的美食還生香。一眼一口地看著人們豪爽地笑著，我東張西望，竟然在不遠處的一桌看到自己的同學，他早已習慣與同桌叔伯們打招呼，只是看到我時，他掩不住吃驚神色，差點掉進身旁的泳池。他是一個官員的孩子，全校都知道某幾戶人家是做什麼的，我們在學校也僅止於打照面而已。

學生們在所謂貴族學校都知道自己該進幾格，有多少分寸，我看得兩眼朦朧，不想識人間煙火。

隔天他問我：「妳為何能去那裡？」好像他發現了我有個「新身分」一樣。是啊，我為何會去了那裡？這答案我至今也答不出來，那是一個像賈府（《紅樓夢》）的酒宴之處，他好奇我是否有別的家庭，我不想回，他的那句話更證實了我昨晚去了一個在結界之外的地方。

我曾想，如果我是劉姥姥，還會想再去賈府嗎？或我再去時還能是我起初渾然未知的純樸嗎？我還可以驚訝幾次，抑或我得是劉姥姥心底明白的假裝出糗嗎？

把那場景浸入水裡，如早期底片的顯色，都是豔如花的，適量的燈籠、不過分的光，人們的晚宴服，似有什麼大食怪正吸吞著夢中饗宴。那裡的美女也像夜色一樣不確實，像被山怪放出來，那些紫的、粉的、流蘇般在山上迷離的飛走著，儘管她們人仍是佇立在那裡，仍然看到她們是人們心底眼頭的欲望，正在翩翩飛舞。

我的眼睛食量大，這點讓我想哭出來。我怕這人世，害怕那些閃著琉璃光的恍惚，大人們的神色，眉飛色舞的被收在籠中如螢火蟲，在小孩子的瞳孔中，都映照出了哈哈鏡的效果。《聊齋》向來是人的古鏡，人鬼不分的顯影，只想躲起來，不只一次這樣想：「我只想躲起來。」不只是那同學問妳為何能在那裡？當時，我也不覺得真有在那裡的存在感。

在夜宴的前一週晚上，還因為家裡出事，必須抱著我的幾本漫畫與家當逃走，生平第一次坐上前來幫忙連夜搬家的保母老公的摩托車上，我那隻小藍兔娃娃只露出兩個耳朵在紙箱外，我緊捧著，不要讓兔娃娃飛出來，整個人一上橋就像快要騰空飛起，緊抓著前方陌生人的衣服，我看到當晚的月亮好圓，好像只有那個存在是真實的。

或許從小去錯了學校，我總在天平的中央，一邊看著好人家抖擻孩童，另一邊看著群體嘩啦傾倒下的意志。一方整潔不紊，一方叮叮咚咚的不由分說地論斤秤兩地堆放。純色與掉漆的對照，我生在遊樂園裡。

家裡落魄後，仍會有親戚圖謀著老關係，說著「那個誰不是上任了，可以跟他聯絡看看，搞不好他還記得我們」云云。我咬著手指，在一旁看著《紅樓夢》

裡賈府匾額歪斜的那一頁感到痛快，把指甲咬破也沒感覺，想冒出點血花，想感覺過癮。

這夢做得太不實在了，過往的家是公家單位提供的宿舍、院子裡有不會發出香氣的杜鵑、狗狗是某一晚有人送來的，沒有跟我們任何人親。父親回家往往已是深夜，與母親貌合神離，但仍要一起外出應酬。那裡什麼都有，但都是拼湊好的，記憶中我總愛躲去後面小房，想洗著有時來照顧我的人的566洗髮精、想吃著她滿口說這才是寶的豬油拌飯、想看著她帶著我們家的狗去遛遛。

只有她週間來時，那隻狗才活蹦亂跳，長大才知，那隻綁在小屋子口的寵物狗有多寂寞。牠來的第一晚，我看著牠，不知誰是過客。

那些與任何人都沒有關係的杜鵑花，再多的怒放，也不會讓我們知道有春天來了。

搬走以後，我對小的空間開始產生著迷，只有躲在什麼小地方才感到安全。從來也沒覺得那樣的宅院該倒，但就消失了，日子的實在感日漸多一點，或是說類似情感的東西才被喚醒了一樣。

後來的日子不比往年好，但曾帶過我的保母，擔心地三不五時拿水果與零食來看我，沉睡多年的食欲那時才被喚醒一般，迎來吃個不停的中學時期。

但對於原先家的無感，即使不見了也像個局外人般的我，心裡一直愧疚著，意外自己的冷血，意外自己像個傻子一樣，無意識大人的天崩地裂。我把自己也當成了局外人，在一次父母吵得要撕破臉的當時，聽到家裡即將面對的遭遇，我像一個局外人一樣聽著，不想意識到自己在哭。就如同那天夜宴裡，夜色那麼美，人心是那麼你我不分地流動於前，我知道自己在這些方格棋局的階級裡終將進退失據。

我沒有其他家人因擁有過而產生的悲傷，我只是懂事起就瑟縮在一個被階級砍殺的角落。曾經，我跟那隻寵物狗的互動，僅止於看牠的眼神，想知道牠的感受，因為我不知道自己該有什麼感受？在建立於階級的家即將被除名的那時，我甚至也不確定我父母是否曾經相愛過，因為在那老屋子裡，沒有任何的存在是跟彼此有關的。

人說，妳愛看《紅樓夢》的什麼，我愛看它的樓起樓落，那時我才有了眼淚的證據。

因為抽離，
我才熱愛這世界

雨是下進心裡的時間，
躲進它設下的簾幕，屏障現實與自己。
即使永遠不能適應外界沒關係，
總感到社交失能，也沒關係。

每個曾失去過什麼重要人事物的孩子，多少都會抽離出來看自己的生活；有些時候，那雙抽離的眼，就會一直留下來。

一到了下雨天，我就覺得世界揭開了它白日夢的本質，轟隆轟隆，進入一場深深的打盹中。如果是大雨，匆忙的路人就等於打擾了這番夢境，紛紛踏著路上水窪，你我啪搭啪搭，像踩到夢境裡的滔天巨浪，但臨了扇門似的，誰也到不了深寂的海底；與時間脫鉤後，那大地回歸深深的鼾息。世界此時脫離了人類匆忙的約束，一圈圈繩索鬆開，畫了一個結界，一甩便關上門，土地自己大力呼吸著，樹枝把握時機伸長著，這時空裡面再也沒有庸碌的人類可以打擾。

只有這幾個小時，人類仰賴的時間瘋狂的敲門也沒用，有些人開始覺得煩躁，原來被時間惘惘威脅的只剩下我們。

我們這物種此時落單了。因此下雨時，有些人內心旋即吵得有什麼大和鳴似的，有人則因為雨聲綿密，誰跟誰都圍開了似的，有了沒有意識到的安靜。這是被天地容許一般，假釋期的安靜。這時候再也不用匆忙著一顆心，不斷反覆煎烤著各種膠著，也阻絕所有沒有意義的迎面而來。

長大以後，就少有意識到這樣的感覺了，只有午夜的雨，可以呼吸如自由的盹。但小時候在大雨中狠狠發過呆的人，多半都知道雨是下進心裡的時間，像簾子一樣，可以供你拉起來或圍起來，以聽覺找到這四周花草夢裡的通道。你不用睡著，這世界本身的夢就沉沉的，安靜地一如鬆手一切進入水底，哪裡都不用去的托住你。

我大概靠這樣的方式，像拉出一個個夢一樣，才有耐心跟勇氣過著現實人生。白日夢是我的疾行衣，久不久，發現我愈穿愈多次，有時甚至披掛著，就出入了人群的活動。每一種現實，我都必須伴著夢境絞碎，吃下記憶裡去，然後吐出來或散失掉的，通常是別人覺得很重要的線索，比方人名、數字等，而我的記憶如果從夾縫中抽取出來，卻都是誰的腳步聲，或某個轉角那過度濃豔的夕陽。

怎麼會產生這種記憶的錯置？因此「不認真、漫不經心、這麼重要的部分怎麼不記得了？」是我從小常得到的評語，每段回憶大概都是我改寫了再吞食進去。

我不想像他人喜歡拿相機記錄生活，那就像浮水印總會飄飄遠走。我依賴的是回憶的閃光燈，讓同時已是過去式的眼光，使得每一種清淡都漾出骨子裡的濃烈。但這樣珍貴的回憶，要在當下就有送別美好的心情，以至於四面八方的氣味都被泡進色彩裡。

或許因為這樣，幼兒時，曾有老師懷疑我有自閉症，因為我對學校教的心有旁騖，對這教室以外的世界卻又過度專注。

我在看我自己生活著，多數時候，彷彿局外人一樣進不去。然後讀書像在吃字，像是打開這世界的簾幕背後，探探有沒有什麼更有趣的事情，好奇張望著簾幕後堆放著什麼樣的雜亂。這是我渴望的自由，餓得不斷吃著課外書中的字，我沒有覺得人生有其他更自由的可能。

只有在下雨時，我才會放鬆。因為在大太陽下，所有事物都真切逼人，總把我的潛意識榨得一滴也不剩，人們彼此看得過分清楚，我也繃緊著外殼，無法如日常夢遊。

日子一久，夢蛻了皮，我有個自己就會把內心傷口撕裂了來看，痛麻地泛出血，周圍還是發紫腫脹的，心想是什麼時候開始發炎的呢？拿記憶的泥巴和一和貼上去吧，讓它糊糊的一片，日後發炎的理由大概也說不上來了。

或是拎著超市的袋子時，裡面可能有大奶粉罐，但因為樹上有風，就多停留了一會兒，樹沙沙響，大概是季節交替時，風才會跟它玩一樣。如果是滯留在這都市的炎夏，是哪一個都沒有辦法造訪或取悅彼此的。

多年來，我帶著我的潛意識，讓它像主角般進入我的現實生活，好讓我能安心度日，讓我能緩緩整理那些內心永遠不能與外在對齊的毛邊。即使永遠不能適應外界沒關係，總感到社交失能也沒關係，總覺得跟他人想的不同也無妨。若沒人發現我不適應，那我當下應該不真的在那裡，可能零零碎碎的把寶貴部分都塞進那潛意識的袋子裡。

曾經失去過什麼重要東西的小孩，從這點看是幸福的，我花了半生時間打造了另一個完整的世界。讓醒來的自己終有個影子一樣穩靠的依存，讓夢寐中的自己始終知道現實的一角必有破綻。

那些階級教我的事

階級就是個花架子，
各自有它的攀附蜿蜒、往殘破裡長，
是這樣令人心疼的身不由己。
而自命逃躲在密道的我又真的能例外嗎？

前方有積水，印象中的我繼續啪搭啪搭地走著，任何光打進來都是稀微的，我彷彿走過這條長廊無數次，遠方的笑聲干擾不了我。我有時就這樣看著緊急出口標出的逃跑小綠人，想像著自己其實不在「這裡」。

前方有好幾個螢幕，內心是監控室，同時可以打開這些螢幕，看著自己在A螢幕上漫不經心，在B螢幕上匆匆忙忙，在C裡社交失能的我正重播著上一週的節目橋段。通常各個螢幕都在播放著，但我不見得存在，主控室裡未必有人，有時就只是讓它運轉而已。

我恆常走的那條長廊是蔭涼的，聞得到苔蘚味，我在那裡大口呼吸著，好像安靜終於可以被聞得到一樣。因為我碰到人多時會緊張，那些聲音會活跳跳地衝進來、那些歌聲會不分場合地大鳴大放悲涼的失戀、在咖啡廳裡聽到的則是充滿洗潔劑味道的搭配音樂。食物在大家摩肩擦踵排隊中，聞到過熱的調味料味道、顏色不分青紅皂白地湧現，我像是受到高溫熱浪襲擊的乾樹木，蒸發著的感官已然充塞不了，卻又不斷湧進資料。

是什麼時候開始的呢?從我喜歡看人的那時開始吧。

我小時候喜歡看來家作客的人，等待時有人坐著不斷抓扯自己衣襬下角，那個女人有時還會穿旗袍，當她捏著手帕，扶著裙角，這些小動作都跟她丈夫即將要說的事情有關。意圖不卑不亢煮著心頭那盆火，細細碎碎的聲音接收不良，但情緒沸沸的滾。

也會看到自認不可一世的才子，來作客時不住掰著指關節，講著他沒完沒了的未來計畫，其實心裡三不五時只想抓著口袋裡那包菸。而他身邊那美麗女人總是在附和著，幾小時沒有盡頭的發言重播，是有多愛呢？愛到男子那份焦慮，自認為因擁有此絕美女子，讓那份焦慮更形偉大。似乎跟那女人無關，他像個不想離開賽場的選手，追逐著下一波心情的碎浪，而女人心疼著那根本沒有止盡的追求，沒注意他只是愛上他的九局殘壘。

這中間我就上小學了，老師送往迎來著各色家長，有意無意談著家長的背景，後面站了一個我，似懂非懂，只覺得他們那興奮又夾帶著膽怯的表情很有意思。一個家境不好的女同學蝴蝶結總紮不好，老師不耐煩地說又是妳，換了一個，則像是那女孩的蝴蝶結從沒歪掉一般，老師硬是要把它調到最完美。

那時工友每天都會送餐來，大老遠就會聽到咚隆咚隆的鐵桶聲。他瘦得很，鐵桶拖了地，老遠都聽得到，被嫌棄地咚咚滑著。在他收了碗盤，經過通往廚房那條小道中時，燈光不明處，有著他就要被吸進遠方的感覺。他從哪裡來，為何臉灰滿嘴黃，是沒有人會告訴我們的，只知道身形會說明前半生。

那個年齡所身處的校園不是很吵鬧，就是安靜到只聽得到蟬聲。或許有同學被欺負，或許有一兩個同學，因為特權，老師不能處罰他們。但許多時候，整個教室都安靜得很，花在眼力上瞄著，這樣的安靜其實更野生。有的同學遂被排斥、有的便當被藏，所謂名流父母更出入校園，在我們自習中，他與老師恩威並施的走廊談話聲如針掉在地上漏不掉，稀奇地聽看著，那時自然不知道什麼叫悲傷，但跟著跑不掉了。

一直記得早晨的一趟校車，經過二十幾戶人家，一看就知道境遇有別，最有錢的跟在破巷老屋，兩個同學都顯得不一樣的尷尬，每日三十分鐘來回，就像電影重播一樣，配上零碎的旁白。一直記得會經過一幢廢棄樓房，樹木滿到綠蔭溢出來似的，據說是官舍，門口還有一個警衛室，自然也是廢在那裡，紅通通的木門沒修好，某天我們幾個小孩爬進去，原來每一種風光都有它殘破的底子，那日照不全的院子，像是後來無論哪個官員會搬進去住都無所謂的蔓長。市中心有一個這樣的宅子，好像諷刺，但你此時竟為這時樹能大口呼吸而感動，彷彿有頭野生的獸盤據於此，不同於你一出這門外，人們意圖的切割整齊。

後來家裡破落了，新舊東西就像灰塵掃光一樣乾淨。但我也沒有什麼歸屬感了，灰塵吹了來去，如同我當時看到那戶官舍改建時，看著那連根拔起的樹，我的所有愚鈍從此就來了，信著那些燦爛與其背後的腐朽，都齊齊開出同一朵花的面貌。

自己年長後，人們總說我們這代被黨國洗腦，那我這種螢幕開開關關的人，是越了另一個時空的荒謬吧，畢竟荒謬在人生不嫌多的。我還沒上幼稚園時，發生一件大事，人們口中偉大的蔣公死了，舉國人在街道送別，這是我人生碰到的第一件荒謬事。因為年紀小，被熟識的阿姨帶著去看熱鬧，滿街人們哭啼之餘，見我一個小娃兒也過來送行，自然感動到不行，於是把我從後面拱到最前排，阿姨也說：「還好有妳，這樣看得更清楚了。」

人們在蔣公遺體快接近時，哭得震天響，嚇得我也哭了，人們就說：「你看這孩子也有靈性啊。」那一幕到現在都沒忘過，因為自己索性應觀眾要求哭得更大聲，留另一隻眼看著四周，第一次發現鬧劇是人們都希望的。

這樣看似投入，但裡面是清冷的。大約從那時起，自己也無法控制，如果能相反的話，應該是個活潑剛正又開朗的人吧。後來參加了野百合學運，隨人們熱血之餘，我仍有一隻眼在看著如果人群聚了，是生物性的衝動會淹沒當初的呼召，還是相反？奈何人都有兩面性，包括我，那些人性生出的異花，永遠都有令人難以抗拒的氣味，大於他們疾呼陣陣的話語。

我是否也是這樣呢？妖花如海的內心，只是濕漉漉的怎麼都無法引燃，以為比誰都聽了明，其實每每在看人性長出的奇花異果時，自己是怕的吧？是想哭的吧？在那每天兩趟的校車貧富巡禮間，內心的驚悚讓我瞥出什麼？

或許日久終究瞥出了點樂趣，但也瞥出了我經年來求仁得仁的孤單，多好啊，因此竟然期待著有人沒有見證過這階級的殘酷，有人沒看到階級就是個花架子，各自有它的攀附蜿蜒，往殘破裡長，是這樣令人心疼的身不由己，而自命逃躲在密道的我又真的能例外嗎？

如今階級散散落落，誰抓了誰贏一般，如上個世紀過氣的擺飾被放水流，望著人三兩在浮沉中抓著，視覺上成了點點漁火，後來都只是去了沒有標的的遠方。

寂寞的社區

一個黃昏，
幾許殘生。

那裡會是個適合黃昏的社區，有看得到大片天空的低矮房舍，聽得到鄰居鍋碗瓢盆的洗滌聲，哪家鍋子都洗到薄了都聽得出來。鄰居斥喝小孩的聲音忽遠忽近，在這天色變火紅之前，它還是淺薄荷色的，載著點橙色毛邊的雲朵，那水氣總暖暖的，永遠是大雨將至的這個城市。

我總習慣在藍色小凳子上做功課，看書，邊聽著四周動靜。

那裡有時間之神的庇佑，聽得到祂路過的聲音，彷彿那一刻的我可以被祂允許享受這黃昏。

「或許以後再也不會有相同的黃昏。」總有這類似預感提醒著我，真的可以延續這一刻嗎？人們專心地過日子，老黃狗的打盹，我只要是這樣沒出息坐在這裡就很好的心安。

可以這樣無愧於日子地稀鬆浸泡在時間裡嗎？

我認識的老孟叔叔剛要忙廚房的事。他住在街角一個大戶裡，為人幫傭。他的拿手菜是紅燒肉、魚頭湯、鍋巴蝦仁還有紅棗饅頭，有時會拿一碗給我吃，我說最最好吃的是煮水餃的麵湯，他說我沒長舌頭。

我看著他忙進忙出，大鍋的油滾著、他認分地滴著汗，宴客前一天殺雞煮蟹的準備，我看著那些活生生的宰殺，紅通通的上桌，大小盤子總吃不乾淨的堆放追加。

他很少出聲，忙完時啃點饅頭、配鍋滷肉，聽著他的戲曲，就這樣日復一日，有風都吹不出動靜的神色。他是個令人心安的存在，會使魔術似的，把籠子一開就是老麵的香氣。但他的安靜，彷彿寂寞是罈老酒，啜幾口，就可以將日子睡到隔天，心事就可以再緩一緩，緩到哪天沒有氣的那一刻。

印象中，他總拎著大桶子鏗鏗鏘鏘的，身旁的土狗小黃搖著屁股，這一人一狗像一家人，抽口菸，開始洗刷，肥皂水流了出來。好像那戶今天吃的是酥炸黃魚，那香噴噴的油味必須用菜瓜布使勁地刷，我認識的他就已經老了，身駝著，沒有家人，也沒有過去的痕跡。

現在想想，那個社區都住著外省老一輩的人，不是過度安靜，就是過度大嗓門的吵鬧。我在其中存在也不存在，當時那裡很少有這麼小的孩子，不然就都一溜煙地跑去玩了，老孟問我：「妳怎麼不去玩？」

「我覺得看著你們很好。」他少見的笑說：「沒看過妳這麼傻的。」

「老孟，你家人呢？」「我就被抓去做兵，只有做兵才能吃得飽。」

又一日問他：「你有家人的照片嗎？」「沒有，什麼都沒留下來。」他停了一會兒說：「但我最近有領養一個兒子，他是孤兒，他有照片，妳要看嗎？」我看了那張照片，後面還寫個名字，一時也說不出什麼想法，只生硬地說：「他幾歲？」並不真的在意。

他摸著老黃狗，幾分和煦神色：「快上初中了，怕他沒學費繼續念，成績不錯，就讓他繼續念下去吧。」

這是他跟我唯一提到「家人」的時候，其他時候都在幫黃狗抓蝨子，「牠老了，長這麼多蟲子，一定很難過。」

只有一日，他獻寶似地拿他與養子去拍的沙龍照給我看，照片上他還穿著一身西裝，「妳看，他現在長這麼大了。」

我為他高興，傻氣地說：「希望他以後可以孝順你，你就不用這麼累了。」

他驚訝地回我：「傻孩子，我只盼望他為我送終就好。」

老黃狗死後，他更安靜了，只是會跟著戲曲唱得更大聲一些，我記得我曾問他這狗叫什麼名字？「沒有什麼名字，我是老孟，牠是小黃，都一樣。」

那時我十歲未滿，不知在難過什麼，只覺得如果這飄著菜香的黃昏能停留下來多好。看到這天那麼大，每次許願就要流淚。

我那從小吵著要跟我練武功，我都打不過的哥哥，他出國時，我仍然哭了。外婆問：「妳哭什麼，不是少一個人欺負妳？」我回程時說：「不知道，我只覺得什麼都留不住。」

只是一個過分溫柔的晚霞，讓我預感了沒有哪一刻會像那一刻了。一個巨大的晚霞，讓人只能接受這樣的美是當下就會開始失去的。

那裡是早年我外婆住的社區，上初中後開始補習就少去了，進出空間都變成無止盡的日光燈與空調，我也將情感的毛邊收乾淨。直到某次回去幫外婆搬家，問起隔壁人家，老孟怎麼不見了，「他後來住養老院，沒多久就死了。」我仍傻氣急問：「他有個養子，後來有去看他，有幫他送終嗎？」隨後補上那照片後面的姓氏，想喚起鄰居的記憶。

「誰啊？沒看到有什麼人出現過。」

當時不爭氣的我，想起老孟遞給我的餃子湯、剛出爐的紅棗饅頭，不知道該怎麼辦，抬頭看著同片天空，想起小說《遮蔽的天空》中寫到：「人生總會有幾個下午是特別的，就只有那幾個下午，不出二十個、然而你總以為人生是無窮盡的。」

幫外婆搬家時，清出一堆需要晾曬的發霉物品，卻都是外婆捨不得丟的寶貝。筆記、書法與早年練的油畫，旁人眼中像廢物的都是回憶，我們把那些放在陽光下，不久後又放回箱子裡。裡面有外婆與母親的全家福，照片上有我無緣見面的「外公」，回憶的霉味與外婆家小院過度濃郁的花香，提醒我正是夏季。那天夕陽是大把的紅，人大了就雜念多，再也沒有時間之神會駐足在我身邊，我終被單純的美好給拋擲了出去。

這兩年某日無心經過那社區，認出了小公園，才發現是我曾經幾乎每日蹲在那裡做功課的巷口。如今都是大樓了，天空被分割得支離破碎，曾出現老孟的身影之地，只是一個大廈門口。再也沒有老麵湯、沒有炸魚香、沒有他愛喝的米酒頭，原來那個下午就是一輩子。

緊鄰的捷運站，是我以前的外婆家，我曾在庭院裡讓外婆為我梳理辮子，那裡曾種了株七里香。然而我卻在同一個地方，正準備刷悠遊卡出站，嗶的一聲，就離開了當年外婆為我梳髮的台階，她曾坐在那裡與我說笑。

那究竟是什麼樣的一個晚霞呢?從淺淺的藍混著粉色光暈，然後黃澄澄的鋪蓋下來，讓我禁不住地要許願將這一切如抓住衣角般的留住。

然而那過去歲月就此像做陶拉坏一樣，誰的手一把就被拉掉了些許，剩下了的另一部分，是長大後的我，嗶的一聲告別了我外婆坐的台階、老孟的熱湯；那下午終成了永恆，一如我那天許願時想抓住任何任何都好的手。

階級朽掉後的餘味

人問我為何愛看電影，
因我彷若生在一家戲院，
溫度夠涼、距離也恰當，
連自己的眼淚都得散場。

每戶人家，階級總有朽掉的一天。那是你在樑木前，就可以感覺到有蟲蠕的氣味，爬啊爬，遲早爬在每個成員的心裡。

那腐朽潮濕的，總寄生在張愛玲的小說裡，蜿蜒厚實的爬藤。張愛玲的小說對我總有劇場感，那些畫面是如此鮮活，由各種死孕育出來的生，有著暗生植物的豔麗。後來我才知道，原來餵養某些人的是同一種東西，那叫做「寂寞」。我們躲進家中大人的夢酣氣中，如站在陽光曬不到的地方，看著那些光什麼時候會蔓延過來，驚醒這一切現實。

我們家是個充滿長輩的家族，我還小時就嗅著回憶的氣味長大，讀著外公書櫃裡的書，就松鼠啃果子，有沒吸收進去不知道，但回憶都隨著五感進入我體內。

夏天屋角暗影中總有樟木箱的味道，陽台上亂無章法但各自茂盛的盆栽，舊屋後的老樹，老式建築一到夏天，四周花果氣味四處圍繞，又不禁曬地自行腐敗在濕土裡，嗅覺跟記憶一樣沉沉的。看著長輩們收集的書報雜誌堆放角落，風扇一轉，紙張的陳年味飛竄過來，風扇轉頭，它又塵埃落定似地等著下一次被喚起。

陪我長大的是「歲月」，而留下記憶的都是夏天。夏天所有的氣味都撲將出來，爭先恐後地讓你辨識他們。陽光一照，老舊木屋裡盡是強烈反差的光影，外面的烈日反而顯得超現實，一出家門，就知我身後的世界有其年限。所以我不喜歡夏天，它硬生生地吵醒老人們的冬眠，有點殘酷地火辣出對比來，適才的那些看似「平靜」（或是死寂）的東西呢？都被豔陽打擾了，彷彿不識大體的傲慢青春。

因此我第一次滑溜到張愛玲的小說世界中，並無障礙。她的文字也彷彿沒有真正離開她吸鴉片父親的老宅院，人們在陳腐氣裡醉生，她有時仍像孩子晶透的眼神，貌似冷淡觀望，骨子裡卻透著那些故事就要一把抓住她不放的恐懼。感覺是那老宅子催促她動筆，再不寫，那些收在儲藏室的回憶就吞噬了她。

或許因為如此，她筆下的女人是警覺的，化為各種角色，「藏身」於歲月無法馬上察覺的細縫中，我每每都跟她一起在那些喧嘩的豔陽下打冷顫。時間的巨人走過去了嗎？還是又回眸了？她以往的宅子，階級意識分明，但榮耀回不來，家裡的人都睡到酣了，年輕一輩在長輩的夢裡晃遊，如一密閉的無盡頭，所以她的主角總記得要「逃」。

而蕭紅，她文字的畫面充滿了極端的冷熱，如梵谷的畫，日頭直逼而來，你只能低頭、再低頭，駝腰、再駝腰，跟腳下旱地一樣低，才能躲進自己的影子裡。

與張愛玲的屋影幢幢不同，人如牛馬的際遇，才回過神，陽光又催促你了，原來沒有黑夜的倖存者啊。

她筆下，煉獄也可以寫得很美，萬物生生死死，一如心的憔悴有多自然。

「要做好心理準備啊。」總是這樣揣著，家中大長輩一死，如同鳴了槍響，大家開始競賽著；我看著有人哭啞了嗓子、有人撕破臉、有人爬牆偷走了財物，不是安靜就是太吵的一段歲月。索性把日子都泡了水，暈開來糊成一團。那時也有大陸依親來台的人，當時情勢不利於他們，一家人總青著臉。也有惦念老家的親戚，再好家世也帶不來，長得魁武，但總彎著腰，過年節時忙煮家鄉菜是人生大事。

真假都好，幾十年，他們知道自己在南柯夢裡。

人問我為何愛看電影，因我仿若生在一家戲院；溫度夠涼、距離也恰當，連自己的眼淚都得散場。

輯二

撕不掉的另類魔咒：身體與性別的階級戰爭

也是盛夏光年

沒有做錯事，何必執著於找答案。
笨蛋，只是太晚來的初戀啊！

一直記得，我跟她在同一台摩托車上，她泣不成聲的模樣，時節像今年早到的溽暑。

那天，所有的事情都照往常進行，我們在記者會後，她順道載我回公司交差，停在一個紅燈口，豔陽讓人不耐，我隨口問了一句，「妳是否不舒服，還好嗎？」

認識十多年的她，突然在路口大哭起來。

那時是下午四點，整個城市在工作狀態中，她是隨時上緊發條的人，我或許是那一句話點破了什麼，也或許剛好到了她的臨界點。

是一個熱得人發暈的夏日，我只想往樹蔭裡躲，但她措手不及地在一個路口哭出來，情感就這樣直曝曝地晾曬，只是因為我問她：「妳昨晚聚餐時好像不太對勁？」事實上，她隔天也走了神，太陽一照，涼了半截的不在那裡。

在想盡辦法傾訴時，她化為一小點，在非常熙攘的街道上融化成一個點。那時我們在六張犁國宅附近，旁邊的蔥燒餅剛起鍋，不遠處有間學校，上班族們匆忙走過，小店小鋪外都是七彩的涼鞋與襪子、玩具等商品。我在這看似寫實之處，看著她超越寫實那條線，晾出真實的一面。

我們每個人都像寫生一樣，從小拿筆畫著點點面面，讓我們的一切跟外界的景貌貼切吻合。但總留有一個點，或一個筆誤，讓內心那些七七八八的東西就這樣零散地掉落出來。

這麼熱的天，她縮著身停好車，小到不能再小地頓失氣力，我手上那把陽傘還撐著我們兩人，但她身影已經稀鬆於傘沿外了，晃晃盪失去準頭，用了僅剩的力氣大哭出來。啼哭的音量之大，前方的人都轉頭看了我們，她首次像小孩子哭著說：「我怎麼辦？」那一剎那，我以為我沒見過她。

她第一次沒有管自己的形象，在大白天裡停下車來，終於發現自己無法再行駛下去。她震驚於自己的反應，震驚的是在三十六歲時才發現自己有可能喜歡同性，而她似乎已經壓抑這份情緒兩個月之久。

她喜歡的那女生是我們之間剛認識的人，一開始只覺得她在聚餐時神魂不定，表情喜樂都比以前放大了些，後來她開始留神對方指關節的節奏、眼神總追蹤另一雙眼神的去處、時間彷彿停格的誤入，有時也會胃緊到要去洗手間。熟識她的我，也發現之後湧入的苦澀大於她的歡喜。她太意外了，對於那個不了解的自己。「我怎麼可能快三十六歲時才發現我喜歡女生，而且她小我十幾歲，那我之前的感情又算什麼？」

這時她才知道自己一直往安全的路走，表面上雖然對外界一切保持開放的態度，但自己對人生下意識仍緊抱著「安全」的多數決，直到有莫名的外力推她出了那條安全的路。

她喜歡的那女生顯然有別的交往對象，於是她對自己情感的發現僅止於發現，簡直像一艘在熱帶海洋中央的破冰船，自認為不應該在那裡。沒冰可破的一個豔陽天，也尷尬莫名地無法駛離，整個停擺在汪洋中，一個人還企圖握著對自己已沒有意義的操控桿。

我說：「喜歡同性也沒關係。」她哭得發不出聲來：「是沒有關係，但一切都會變得很麻煩。」她震驚的是自己的首次失控，她是一個緊張到會再三確定行李箱的人，一生在預防著所有可能的失控。

以往跟異性有過兩段戀情的她，雖沒有結婚打算，日子過得還算愜意，家裡兄長姊妹都結了婚，沒人逼婚她，她始終會跟我們討論異性的話題。從青春期開始也陸續有喜歡的男偶像，甚至還有一本日本與歐美男偶像的剪貼本放在書架上，沒事拿來自我嘲笑自己的青春。而這時，踏入中年的當下，她才提及前兩段感情沒有太多的風雨，也沒太多的得失感，頂多有些酸澀與記掛，失控這件事在她的感情生活中沒發生過。

從沒有一次是像村上春樹在《人造衛星情人》裡描述的，遠方一陣龍捲風襲來，把什麼地上物都拔起的威力，當然這樣的愛情也不是每個人都會有。但眼前的她，因為前半生過得太篤定、將愛情理所當然地談過了，甚至過得太有把握、得失盈虧都算得過分清楚，這會兒像是有人把她整局棋盤都翻了桌般，頓時都找不到線索。

中年時第一次知道自己的性向，而且是藉由一段不可能有結果的單戀。平常就是工作狂的她，因為那女孩正與女友吵架，下班後，她仍陪她一起失眠，為她獻計與療傷，守著聊天室到魚白之際。當那女孩事業出現危機，她也是守著聊天室為她解憂，那綠綠的小閃燈，像黑夜裡的一點光，她於她是個溫柔的大姊姊，但日間又像個孩童橫衝直撞在我們面前。

小時候曾受洗為基督徒的她，雖打從心底不相信她愛的耶穌會反同，也不信任何人多的組織，但那段時間，她讓我們陪著去教會，甚至自己會衝動地逐間教會敲門，問著牧師為何反同？拿著那幾條戒律辯論著是否有誤讀的可能。那時與其說她是個虔誠的信徒，不如說她在解自己的謎。這中間她有被驅魔禱告過，也因太沮喪被朋友拉到廟裡畫了一身紅符。

我當時只能抱著她說：「笨蛋！因為是妳的初戀啊。」她才終於釋懷，沒有做錯事，沒有必要去找答案，只是太晚來的初戀啊。

她後來因工作出了國，曾跟另外一個女生交往過，無疾而終，之後保持單身，有時在聊天室與我們自嘲著自己可能是無性戀者。

我沒問的是，是否還不敢走覺得不保險的路嗎？還在掙扎些什麼嗎？還是心頭那盆火已經熄滅？我後來也失去了她的音訊。

一直記得那一年的夏天，再也沒力氣把車繼續騎過路口的她，太陽稀鬆著記憶，只記得她那張哭得像孩子的臉。我們走過了，也努力過了，為了指尖輕滑的那一瞬，曾深深顫動過。即便在女校，也曾有這樣的記憶，始終不明所以，僅僅是為那一瞬的鋪天蓋地，一個玩躲貓貓的自己，是否曾等待著被發現？

他們把靈魂摘除，
把性別釘為可識別的標本，
以為成就了愛情。

性向的革命，
其實是靈魂的掙扎

一直以來，性別規範了我們對生活的想像，這是社會化使然，還是本性使然？我們被這提領地向前走，一路懷疑以此為名的種種矯正。

同志情愛原不是階級社會盤算的部分，歷史上雖然耳語故事不斷，但在這遊戲規則裡仍是破格的存在。

堅守階級的人，看愛情總是閒事一樁。

我十幾歲時，幾位朋友分散在不同教會女中。某日，聽說其中一個好友要被急急送到美國，來不及等她畢業，她打給我，哭到失了神，這是她早預料得到但最怕發生的事。她母親發現她在學校有個同性戀人，二話不說，隔兩個月她就被送去了美國。

她家經商，商品廣告都是打著闔家歡為訴求，這變得不僅是她的戀愛，也像是違逆了家族精神。那年，她不是先被送進學校，而是先送進了精神病院。

那年夏天仍炙熱，每個夏日都像大好青春的快轉，我們仍然聚在文具店裡買著明星圖卡，吃著冰棒講著某個同學的桃花運。我們仍然青春得不知道自己是什麼？偶爾翻著幾本BL漫畫，知道與翻少女漫畫不同，我們祕密地翻讀，探索那樣的世界有何不同，但我們其實什麼都還不知道。

那時不知炎涼。不知愛情是能在冷淡人世上延燒的火苗。

起初那位好友會打電話來告訴我她學校戀情的進展，從她一開始苦澀的不敢表態，到後來開始跟我報告戀愛進度。那時還是初春的梅雨季，假日我總是邊聽著雨聲，邊聽她從支支吾吾說著，到興奮地在電話亭打給我報訊；從聽她小聲訴說喜悅，到聽見有情敵的出現。我們一起開心與擔憂著。

直到三角戀爆發，她與她的激烈口角，鬧到家長那裡。她母親後來的處理方式，才讓我發現人要長大，得靠各種喬裝。

長大後，在影展看了《莫里斯的情人》。裡面的同性戀人自大學畢業後就分手了，初出茅廬的休葛蘭飾演在貴族家庭成長的 Clive，為了仕途斷然與莫里斯分手。人們都記得莫里斯的神傷，但我記得他們最後一次餐聚，Clive 輕摟未婚妻，一臉漠然道別，那雙什麼都沒有的眼神，是種當然的割捨，對自己也狠。與他過往對莫里斯說「我愛你」的陶然神態相反，是選了社會地位的認知，清冷得跟他的世界一樣，沒得商量。

他回報這世界的是冷淡投入，當官娶富貴，看這世界並非熱情，而是一把擄獲。輕蔑之情，如多數政客無法停止把玩世道的興致。

那時有許多類似題材的電影，在影展上演。英國寄宿學校的幽情，戀情多在〈求主垂憐〉（Miserere）的聖樂中祕密進行，那聖樂纏繞著如通天際，那是掙扎更像是靈魂的低鳴。當時也慢慢知道，我身邊有長我一輪的男性為了事業，並沒有出櫃，有幾位成了婚。

但那種幽情，仍沒捻熄。如果在這世界眼中不足以順理成章，你還是會以一骨子裡的冷，看著自己熊熊燃燒的愛與慾。

因為太莫名了，關於那些必須被公評的私領域，人是會回報以浪逐的情緒。人們總說，不是都給你們戀愛了嗎？為何一定要結婚權？大概是對愛情一竅不通才會這麼說的吧。

愛情固然自然，但終究在社會的眼皮下。那在社會上被汙名化，不上不下的承認，這份荒謬，不只是婚姻的問題，而是異性戀大門大戶似地容不容得了誰的假像。讓他者彷若棲身、彷彿寒涼遠親，這點程度的包容，只顯得主子自認的矜貴。

階級最需要的是異性戀的保障，同志從不在階級的想像裡。同志的興起，挑戰的是傳統父權如何自處；至今父權社會仍無法想像。最大的反對力量是在此，種種戒律是擦脂抹粉。

如果要說ＢＬ小說為何在今日風行，那是因為它不是體制內的想像。異性戀被包裝得像是為社會服務，而同志之愛能在戲劇與小說上發酵，則是因它衝出藩籬的那份渴望，弔詭的是那份渴望不只來自同志，更多的是異性戀者，它似乎有大幅空間讓人們重新想像愛情。

這是近代異性戀在同一種框架的面向中，因同志的不自由而產生的浪漫想像。諷刺吧，但也是同志愛在近代的另一種呈現。我們在《春光乍現》中看到人生的閃光，有一方似爛泥的人卻撐住了另一方的求生意志，那在邊緣取暖的安慰，即使別人以為同志如今站上舞台的中心，卻仍是邊緣人才懂的光景。

我們看電影《摯愛無盡》那教授飯後看著年輕愛人的讀書姿態，日子幾乎是保不住的珍貴。那隱密的愛，是教授在失志歲月中的依靠。愛人死後，教授仍藉由數著領帶，如守墓般，儀表堂堂堅守那堅固的存在；不能言說、不動聲色，無盡的綿長。

愛情的翩翩停在他們被桎梏的焦慮中，又如電影《喜歡你、愛上你、逃離你》，主角在戲院看到坐在斜前方的亞瑟，那細長而浮躁的指尖、不甚專心的側臉，他過去攀談，罹病的他有放棄念頭，但心動仍像水中花影的巧遇，他雖不強求，但惦念得很。

之後他仍在附近等他，不巧遇到熟人，男孩與他的身影前前後後，曖昧得像王家衛的電影，但心亂得誰都一樣。

於是，我們開始臆想著那是無關男女，是終於可以戳破假面的存在。因為人對男女的想像都被商業操作到極端，甚至僵化到為階級說話。誰也沒料到，這份破壞結構的抒情，逐漸化為一種與階級對話的假想。

因為人們對於階級雖信奉但懷疑，因人有更想接近愛情本質的想望，那是張國榮變成一朵蝶的原因。停在很多人的心裡，飛飛停停的不消失，那是一種人們心底深深的懷疑，在森嚴體系下，仍有殘存的抒情意志。

性別在千年的控管下生了幽魂，除了成為榮耀社會價值的手段外，也亂了光譜的反抗著。

當然同志之情是有世俗條件的，有皮相激烈的競爭，也有我們凡人都有的不堪。但同志運動到如今，它對年輕一代已不只是性向的界分，而是我們在過去的斬釘截鐵下，有一股意志，是以玫瑰對上鐵律的癡傻，是對愛情的初衷，人對自己身為一個人較好的想像。

人皆有拜倫的抒情，皆有那心頭難忘的跟隨，那不是誰可以說愛情必須是如何，愛情只屬於愛情本身。是庸俗一生中，對自己的可能性最瘋狂的追尋。

反同嗎？那是不知這是最後的抒情了，是愛情先認出你，在你將自己性別壓模於市場前，它若搶先一步認出你，那近乎是一種鄉愁了。至於性別，在這唯物的世界，已是經濟產物，只有靈魂識得，已經不是形貌可辯。自古傻子總不識癡人，不管形式上如何調整，性向如何被界定，爭的仍是靈魂被複寫前的不甘沉默。

人問為何結婚率少，只有經濟或同志的原因嗎？其實不然，愛情這東西逐漸失溫了，它被當成是婚姻的前奏，是社會化行為。但它是野生的，如今拉下了性別這已被架空的外袍，扯下了那背後行皮偶戲的控制，取笑了各種性別實則都被推向各種強迫症，來證明自己價值的社會。性向的議題只是果而非因，反覆衝撞的是折損於世人得共作同一個春秋大夢的個人意志，換取如羽翼一樣珍稀的內在真實。

至於性別是上帝的事，還是社會的事？抱歉，社會這後母早就整盤搶了去。

「牧者」是什麼？

是愛這個字的實現

自以為聖是如何變成冷酷的？

搭一個講台，讓人們習慣仰望，彷彿在暗示我們，台上的人講的是金科玉律。但我覺得一個人的尊嚴，更在於他是不是能被細細端詳，或是更進一步的說，我們在仰望一個人之前，是否有本事細細觀察一個人。

讀一個人比仰望對方，對彼此來講，都是多一點理解的可能性。不然在講台上的人，他的疑問與自我攻擊，有時會更像一個嘲諷了。

紀錄片《牧者》一開始，是第一個為同志基督徒成立教會的楊雅惠牧師獨自走在荒路上的身影。我記得當年談話性節目方興未艾時，楊牧師毅然上了電視表達她身為一個牧者，要牧養同志基督徒的決心，以及她認為同志基督徒需要有一個「家」可去。

太多年前了，當時聽得懵懂，但也留下了印象，因為她當時在節目就震驚了視聽，並受到了猛烈的質疑。

多年之後聽說她自殺死了，那時的我已經在社會上庸碌，只有部分時間，也會跟有些人一閃想過，那妳為何還要信呢？為何同志基督徒還不離開教會呢？為何要留在一個不能根本性接納你的地方？

這或許是《牧者》這紀錄片即使得到了金穗獎一般組最佳紀錄片獎，但仍然算是部冷門的紀錄片，並沒有掀起熱度與足夠關注的原因。尤其當現在基督教與同志議題已經劍拔弩張時，人們不太理解還處於這灰色地帶的人是為什麼？甚至對他們看似矛盾的選擇好奇心不大。

但這是我跟編輯說我想寫這篇文章的原因，因為我了解他們的為何不放棄？

我是個非常乖謬的基督徒，我不夠合群，不常去教會，但我沒有放棄尋找耶穌，我始終認為那是一個大於宗教的信仰。沒有人會確定自己能找到神，即使聖徒保羅也不是時刻能、彼得迷失過，人充其量是確信自己想找到神，找尋一個遠遠大於自己，能夠折服自己的力量。

在這摸索的路上，我比較狐疑的一點是，多數信徒們仍在摸索，卻能對其他的信徒比手畫腳，彷彿指責教友是證明自己是好學生的行為，不然難以合理化人人都在尋求神的半路上，還可以當個道德糾察隊。

如果人們讀的不是聖經，第一眼讀的是基督徒的話，世人讀到的基督徒是什麼樣子？好當糾察隊、好為人師，卻忘記自己也還在找尋的第一站，不夠謙卑的指使。讓我痛心的是，基督徒如今讓大眾看到的是這樣的嘴臉，彷彿高喊著：「耶穌是我的喔」的孩童搶玩具姿態，儘管他們仍力阻了同志平權，儘管大眾對婚姻平權有疑慮，但同時也看到了基督徒相反於謙卑教義的張牙舞爪。

這體現在這部紀錄片的四位牧者身上，他們極度被邊緣化的處境。他們其中三人雖是牧者，但他們三人卻被牧者（教會）拋棄了，變成是有前提的愛，這不禁要問「牧者」是什麼？我雖然是個不乖的基督徒，但知道聖經詩篇裡將「牧者」的精神寫得清楚：「一個用杖和竿帶領羊群的牧人，把羊群帶到青草地和溪水旁。他也用杖和竿來保護他的羊群，好讓他們不會遭到危險。」

那是一種愛與接納，彼此信任的詮釋，而不是以上望下地提供保護一般，用杖與竿來彰顯權力。

這部電影與其在描述支持同志的牧者處境艱難，其實更大的主角是其他台港數以百計的牧者，相對於電影中四位被打壓的處境，又是好牧者嗎？除了拿聖經的教條來當武器，那些自以為正義的牧者真的是好牧者嗎？

因為人數多，教會內沒有人敢質疑他們，彷彿一個小社會，有人就有政治，發話權變成是種執念，人們開始逐字逐句爭辯語境上有萬年隔閡的律法，但沒有真讓同志與非同志的人感受到牧者願意像當年耶穌為人洗腳的精神，愛先是無條件的展現，且綿長不絕，如此耶穌才不會被污衊。

這幾年沒有看到台灣基督徒為全球問題如此積極發聲，不見對各國難民被忽視的處境有比對同志議題更多的關心，於是我們看到紀錄片的牧者必須挺身而出，讓人知道他們就算面對教會組織有如螳臂擋車，仍然千萬人吾亦往矣。楊雅惠並非同志，但她執著的是教義裡愛的先行。牧者如十二信徒也是懵懂，也不見得都清楚基督精神，但珍貴的是他們知道自己不盡清楚，然他們知道耶穌說的是愛。

人的視野跟羊有一定的侷限，我們知道的是非只是來自有限的經驗，我們每本好不容易讀懂的書都比聖經容易，這樣解讀上萬年前的語境仍沾沾自喜說絕對沒錯，這時人的自大配得上任何的正統宗教智慧嗎？

誠然，基督教在台灣很大的力量來自於中產階級。中產階級有一定的標準與制約，有一定的自負。那份堅定，不盡然來自於信仰，而是來自於對世上教條的把關，而且也習慣由他們把關。這股力量與其說來自聖經的，更像是在支撐著他們的話語權與仲裁權。

對社會過度干預的人，與其說是耶穌精神，更像是中產精神移植到教會核心去，底子是更甚以往的中產焦慮。

電影當中想當牧師的陳小恩去神學院報考，卻因為她出自同志教會，就連她去應考的資格與經歷都被一筆勾銷，被當成她從沒去過那裡考試，是令人心痛的部分，政治的手段無所不在，但排除異己不該出現在教會中（但當然，有人就有江湖）。

或許有人因此對宗教失望，宗教或可能被組織所困，但信仰，我個人覺得是很私人的，我尋找祂的這條路上，相信祂是個好牧者，會讓我遇到好牧者。

當初耶穌也被視為叛經離道，他曾說：「如果你們有人沒犯過錯的，可以上前丟石頭。」結果如今那些犯過錯的信徒紛紛上前丟了石頭。不過愛字而已，這麼難，自以為聖是如何會變成冷酷的？與信仰無關，那是人穿了國王的新衣，沐猴而冠，與耶穌何干，與同志何干？

哪天哪時，我們才知道了，聖經上再簡單不過的「愛人如己」，其實在說，愛人在先，那個「自己」才有了初見的輪廓，如此清澈，反之亦然。

當「女人要愛自己」成為魔咒

結果「愛自己」讓女人像老鼠滾輪一樣，盤點著自己還有多少被愛的價值。

「愛自己」為何要被掛在嘴巴上，那就是不愛了。是如何的不愛，才需要讓「愛自己」變成一個口號？把自己拎得小小的，深怕自己走丟似地愛著，跟不上價值提昇的那個自己。隨時就落在路上，路人七腳八腳，就看到那份自尊變成爛泥，如同加了人工甘味的味道，那麼死甜，這離「愛自己」的距離只有一線之隔。

人們都會不滿意自己、有怪罪感、知道有無法改進的缺憾，但就是這樣混亂且連滾帶爬地成長著，最終才會愛上奇形怪狀的自己，體諒了那個始終不適應但始終不放棄的自己，這跟世俗或媒體上說的「愛自己」不同，它一旦變成口號化，「愛」就變成一種脅迫，預設了不被愛的可能。

在我學生時代，很流行《姊妹》類型的雜誌，裡面除了血型星座、明星消息外，也教大家怎麼談戀愛云云，內容大同小異。女明星訪問多半溫柔婉約附帶對愛情的漫不經心，但沒想到緣分來了擋不住的雷同內容（簡直類童話的翻版）。

其他許多單元類似於提醒要怎麼樣才能增加異性緣，或者是提升自己魅力與化好妝、十分鐘編好頭髮的方法、一個月有效減肥等等。除了當時香港中環ＯＬ精神領袖亦舒（作家）寫的小說連載，以淡漠筆法描述女性在都會生存之不易，冷冷看待女性之間亦敵亦友的關係外，大多充滿了「要當一個受歡迎女性」的焦慮氣息。並且補上算命單元，安慰與平撫這不成功必成仁的女性教戰氛圍。

這樣洗腦多年，二十世紀又一再暗示「沒有醜女人，只有懶女人」的教條，造成某些人有自己不夠好是因為不夠努力的陰影後，到了二十一世紀又發生了什麼？

諷刺的這十年，又突然一致性地轉向。兩性專家興起，開始大力宣傳新教義「女人就是要愛自己，別人才會愛妳」，並且萬變不離其宗的，幾乎每一篇結局都可以導入到「妳不夠愛自己」，或「要更愛自己一點喔」。其實與上一個世紀流行的「只有懶女人，沒有醜女人」名句一樣，都成為無所不在的強迫症。

彷彿沒有醜的自由，除非妳是懶的。這樣的歸罪論，跟以前的裹小腳沒有太大差異，那些得要自己更好才有人愛的論調，讓女人都已經先負罪了。那些以愛為名叮囑妳的愛情專家，或所有歌頌幸運女星的新聞，有意無意的，以一種天鵝湖跳群舞的模式，直接導向了結果論。

這背後潛在嘴臉是電影《魔女嘉莉》中的「妳不夠好，妳永遠不夠好」的入魔母親嘴臉；是《母親！》中女主角供所有人意見侵門踏戶的隱喻；是《黑天鵝》中不斷旋轉如暈眩的復仇化身。

沒人意識到「愛」這個字眼該舉重若輕，卻重重地壓得與自己同性別的人粉身碎骨，很少人意識講到「愛」，常常是把「妳還不夠好」的鐮刀。

灰姑娘姊姊「削足適履」的為求幸運，也是她們自認為「愛自己」，亦是現代鼓勵愛自己的方法。像現在韓國小姐選美的長相一致化，所有大開的美肌模式，所有把自己當市場商品的愛的方式，跟灰姑娘姊姊把自己腳切掉沒有差別。

然而愛自己之前，自己又真的多靠近了自己嗎？這些前提都被驅之別院，先放到旁邊，形成一股趕快買化妝品、快吃美食、快打卡旅遊、快時尚（怎麼快都很難趕得上一個商品化人生的速度）。

於是妳很快發現周遭藉由打卡模式來愛自己、標註自己很會生活的人，以及過度氾濫的自拍照，鋪天蓋地以強迫症的方式，隱隱昭示連「愛自己」都要做給別人看，還要很有效率地「愛自己」，這樣如老鼠滾輪的方式不斷加油，招來的只是「以一個女人來講，我還不夠努力」的自責，以及「更不愛自己」的可能性。

我對「愛自己」這件事必須要被提醒，一直感覺颼涼，到底有多不愛自己才需要如此揮馬鞭般的鞭策。這類性別大於身為一個人本身的思考，從二十世紀到二十一世紀不斷衍生，簡直像伊藤潤二的「富江」一直引起人想將其「打掉重練」

的欲望。

愛自己之前，是否了解「自己」是什麼？那是花一生去找都可能交白卷的事，每個人都在成長的路上一再與自己相遇，因各種際遇使得自己更了解自己，也開始一點一滴知道自己到底不要什麼，想追求的是什麼？

不先以一個人的方式，花時間來了解自己，而取代以女人衝鋒賽、誰比誰更愛自己的消費方式來拼貼出自己是「成功勝利組」的樣板女人，終其一生有可能因為這性別被置入的「競賽氣氛」而快轉人生，重複著自戀與自厭，兩性專家們，愛自己這件事，不要動不動要像傳教一樣提起，身為讀者，這不是問瞎於盲嗎？也太低估了自己的日積月累，甚至簡化了真實的人生。

如今性別的價值常被歸為是勝利與失敗組兩類，讓男女都在輸贏間討厭了自己。

究竟應該將自己如貨品上架，評估報表般的愛自己，還是人仍可以離開這社會的上架概念，想像自己身為人，還有大於性別以外的自由？

醫美，女人與自己身體間的永久戰爭

我們生產了夢來賣，
好讓這世界永遠感到飢餓而瘋狂。

把我們的臉黏上再摘除吧，如原本就可以晾乾的衣物，在我們精神國度裡，腐朽的只有我們的意志。

這世界開機著，大硬碟跑著我們集體的驅動力，所有的感覺都朝生夕死，到夜晚連點水氣都沒剩，這世界人的痛苦，其實是來自於這樣空無一物的沉重。就是這樣把所有皮相都擰乾吧，一束束陳列管理，是一種集體的意志。醫美看似個人行為，但卻是頭頭尾尾的萬人身軀供奉著一張臉來代言，臉是種當代信仰，唯一可以這麼世俗的信仰。

像下載了一個軟體，人生需要掃毒後輕盈，軟體中女性恆常的倒影如伊帕內瑪的女孩一般無憂走過，重播你印象中恆長的夏日午後，安慰著徒勞的男女。這個年頭你講女權就像盆水，撈起來只剩光影，因為女人連「皮相」都已經不一樣了，它像畫皮一樣單薄，脫下如蟬翼，對誰都便利，對誰都虛幻。

因醫美的普遍化，「美貌」只是一種直覺性，足夠被複製的安慰。一張臉是可以被當群體看的，如萬花筒中碎紙片般的看，它可以被傾銷、它可以被本質性的消滅。即便出現一個天生美女，她也活在仿冒的花園裡，綻放著生與死的哀豔，沒有人要花朵化為泥水的淒然，人們要的是形同鋼筋的美貌搭建，像一棟雄偉建築物，寄宿著各種類型的美，如抽出一張面紙一樣理所當然。

沒有可以被風化的權利，美被植入了「永生」，不屬於任何一個人。

其實每個女人都有兩面鏡子，一面是自己的，另一面是我們跟「社會」一起看向的同一面鏡子。那裡有我們的舉手投足，像個水漥，深不見底的人多。妳只得以剪影般試探這社會的反應。只要是女孩，懂事以來，都意識得到有這面「鏡子」，就算妳背對著它，它還是會讓妳動搖，無論妳是否曾投了反對票。

它是歷代女人生生世世照過的鏡子，其迴音一如媒體對美女的大胃口要求、如影集中重複著對女孩各種流於形式的解放。如今醫美這垂釣般的存在，表面上是願者上鉤，事實上是釣出數百年的鴉雀無聲，與自己身體始終無法和解的沉默。人們當然不知道釣出了是如何的遺憾。那是無論美醜都無法跟自己和解的歷史。

「社會」向來被人們假設成是個「男性」。我們試探著、討好著，隨著人照這一面鏡子的時間愈多，終究有一天這鏡子裡的「妳」會走出來，奪走了妳的主宰權。這多麼刺激，悲劇是裹上糖漿的，像喜劇般上演，如《白雪公主》裡的巫婆死守著那面其實無奇的鏡子，何嘗不曾自以為是齣喜劇。這鏡子是內建在我們女人心裡的根，結著各種因果。

醫美這件事，如今這麼順理成章，像人餓了幾千年求取個皮相。眼目這麼飢餓，人們不會意外以後有各種配套的改良組合，未來A可搭配型號便利行銷自己，如果要增加一點柔媚，可以再搭不同款式配給B。根據工作與社會地位，另有一組配套。外表的規格與型錄化在如今已是無法避免，光是人工就可以如此一致性，以後會有更準確的「自然」，自然到人對醜沒有概念，醜這件事，可以隨手一丟，一如美的被仿冒。

一旦便利了，沒有人會管美曾經是什麼。

這樣的美的價值，在未來可以模組化。人們現正在共同編織一場夢，把夢打樁在真實的世界上，供人消費，因為對夢永遠都需索不夠。美貌是夢不可或缺的環節，它向來是與當事者抽離開來的，那皮相的背後，都是無人聞問的吶喊。有史以來，沒有誰的美貌是真的屬於那個女性，或真能因此讓人看到她的本相是什麼。

如白雪公主與壞皇后在群體意識中，是共用的同一個皮囊。

但我們仍愛著這陷阱，憧憬著同一種鄉野傳奇般，以為這是迎來幸福的手段。

如報章雜誌常拿一個觀念來跟我們推銷商品，比方：「如何當一個受異性歡迎的好女孩？」、「她跟某女神長得一樣，是怎麼辦到的？」等標題，毫無喘息空間地發送到妳面前，打開新聞也都是諸如此類的消息，彷彿都在暗示同一件事：一個受歡迎的漂亮女生會贏在起跑點。女孩們於是像集點一樣，衝鋒陷陣地「美麗」著，好似我們活在一個不容鬆懈的競技場。

拎著那個「美麗」，要跑到哪裡的無盡頭？如此像蟲洞一樣，美只要妳探照進去，就可以無限寬廣地吃掉妳的光陰，它是可以加蓋的，也是無底的吃掉信徒的人生，百合映水的大食量。

當然，當醫美更便利時，好看是否也是「社會化」的一部分？或者已經是社會化的壓力？

當人類對自己外貌失去想像力時，無法依照自己本來的長相當線索，從而找出讓自己更舒服的樣貌，那麼，就會開始對所有事都失去想像力。妳沒有基準點，無法以自我來與外界對焦，只是套定好了公式，遂失去探索自己的勇氣。

這樣對幸福的想像也方便多了。各方明示暗示著女人變美就變幸福，要好到可以得到幸福，不然就被說懶，但對美不假思索的跟從，是根本的懶。

日本暢銷的致鬱系小說《殺人鬼藤子的衝動》，就是寫在這樣時代氣氛下養出的悲劇。一定要獲取幸福似的，像上癮打電玩般賭下一輪，連外貌都可以改寫了就沒有藉口不幸福。心中滿懷悲憤，等著某一天變成制式「美女」，人生程式也被她改寫出亂碼，以為自己可扭蛋出一切，而讓內心出現欲望黑洞。

另外一本有名的對照作品，則是後來改編成電影的《渴望》。加奈子擁有人人稱羨的美貌，於是她的同學不乏像「殺人鬼藤子」的心態，忌妒她，甚至想要霸占她的生活，分點金光剩屑也好的恨她與愛她，終至把加奈子的存在給架空，成為虛無的偶像。一如今日的直播主，分散出去的，是空虛的疊床架屋，多麼幸福的表象，這樣吃空氣一樣的餓著彼此。

很久以前，看米蘭．昆德拉《生命不可承受之輕》裡形容一個老年女子，因為前半生的悲劇，不惜以自己的身體當成人可取笑的廢墟狀態，讓周遭人無法忽視她的悲劇，像殘破羅馬競技場的自戀。

廢墟與重建，真能拿回自己身體的詮釋權嗎？還是成了「觀光名勝」？

許多人都認為女性的美色可受公評，年齡大小也是眾人可指點的。我們撈著那盆女權的水，無法抵抗現世隨口就是「Aa You Wish」的便利。美貌變成浮誇的一部分，紅舞鞋是醫美的本質，旋轉著是人的欲望。結果多美麗，像彩球一開滿地紅花紙，再也無法昇華那些欲求未滿的般若鬼面。

這也是美吧。眾人撲向的、抓取的、從天堂降下蜘蛛絲的視角來看，沒有比這樣的醜態更美的了。嘲笑那曾真實的，彷彿你真是各種夢裡的分身，我們都吃不完又吃不飽，在這新的信仰裡，成為最迷信的人。

女孩們的面具舞——

我的女校見聞

我們被訓練得要崇拜各種幸運，
讓我們的性別成為被動的角色。

每個女生在有限人生中，總會聽到某幾個幸運女孩的際遇，有近的也有遠的，都被講成像個傳說。人們也喜歡誇飾某個遙遠女子的幸運，甚至將其打成鉛體字印出來，彷彿天降奇蹟。我們也總不倦地聽著不幸女子的傳說，讓她們都變成鬼故事。

眾女子於是如放天燈般，期許著那些幸運是降臨在自己身上，如此這般的幸運與不幸，總讓人感到如此靠不住又怕得很。但街角有人仍不住碎語傳播著：「某個女孩又幸運了喔。」

這聽得讓人惶然，以為又有人搭台唱戲曲。這份幸運有古來的歷史，沉的是影子，浮出個個雷同的樣貌。我們在校內總是三五成群聚在一起，女生落單了總是奇怪，像一個個守望相助的團體，維繫著我們共同需要相信的價值觀。

那時還那麼年輕，我們會拿撲克牌、碟仙賭一把自己的幸運，彷彿真有什麼是被誰主宰著。畢竟我們多是被保護的，沒有什麼能磨利你的靈魂，這份不踏實但也是我們現代女孩的幸運，在經濟基礎與學歷的保護下，我們的不踏實感是我們被保護著的證明。

這戲台，有蝴蝶與蛾子繞著，好女孩們走不出去的光影，但翅膀拍打聲相當吵。因此許多女生也愛講聽八卦，與其說裡面有我們的心事，更像是餵了一肚子的安分，像古人看戲求個因果報的安心。

我的青春期在教會女中長大。如果看到什麼樣晶瑩剔透的人，妳為她慶幸著，但也會知道那太精細了，可能碎裂就是接近粉狀的不可挽回。有些女生像是精工藝品，人們總想她停著這當口，一個好人家的女孩，還沒受挫前，簡直讓人相信人生。

沒有那些草草生長的蠻強之氣，我們在他人眼中的「純真世界」裡，也活出了自己的精鑽。

一群女孩們在唱聖歌，表面莊嚴且充滿喜悅，我們像是來到人間的使者，穿著無瑕的白襯衫，與天空藍的裙子。我們的眼神晶亮，試圖以外表說明一切，那時十六、七歲，像小動物一樣，知道別人期待我們的純真，對此，我們有了些許狡猾的念頭。

沒有真要玩那份期待，但因此生厭也是有的，一切可以如此制式，我們可以當純潔的使者，瞬間也可以把這象徵的乾淨，如拍灰塵般輕賤著彼此的迎合與不迎合。

人說這是女人彼此的厭女，但都知道女生的遊戲規則被擺在那裡，只是玩得起不起勁而已。我想大概從瑪麗皇后將赤白的粉卸了後就厭了吧，大概從王祖賢在銀幕上連做個鬼都要以袖遮臉，就厭了吧，那份期待跟前跟後的，襯得有關女孩的歷史與童話故事都鬼氣森森的，但有人真的能一無所悉。

就如同我們從來不曾真的喜歡過「白雪公主」，也沒真的討厭巫婆皇后。因為白雪公主一無所悉，她有資源可以讓她一無所悉，皇后餵毒的動機從不只是美貌的高下而已，而是白雪對惡與善都能一無所悉，她的世界可以不用通曉這一切繁瑣與盤算。

女生多半是普通姿色的，也多是一群群的，我們有彼此必須熟悉的話題，如LINE裡目不暇給的彩色貼圖這樣擁擠與歡騰。我們習慣亢奮著，我們無論在同性與異性前，都有表演自己青春的任務。我們都曾試圖更像女孩兒一點，更討人喜歡、聚在一起更吵鬧一點，如一席野餐、如一個慶典，我們更在他人面前笑得剛好，像個長久的實驗，「平庸」在青春期到來時，我們不斷實驗著。好像西蒙波娃說的：「一個人不是生來就是女人，而是後來學會做一個女人。」

但一定有人是一無所悉的，女生不像男生，女生外貌有它起跑線的壓力。女生的小社會總因為各種「小幸運」而啟動著，比方週一班上女孩們總因為週六與男校聯誼成果而騷動，不用宣布名字，我們從氣氛與耳語就知道優勝者是誰，那女孩也不過分雀躍，但有著被選中的喜悅。不見得是因被哪個男生選中，那幾乎是被「命運」選中那樣的壓抑型喜悅，如選美小姐冠軍的笑也被規定了，笑著有幾分要包含了對世界和平的關心與對這份意外的訝異。

女生是她命運的演出者，男生的演有避退空間，女生是太長年的演，必須讓人一眼知道她是什麼樣的女生。我們演繹著我們該得想得的，始終驚訝於自己幸運的。在女孩時期，我們應該是純真的。即使妳放棄了這矯飾的遊戲，妳也要表態出與世道不同，讓人一眼就知道妳棄權了，連放棄也要賣力。

然而在這漫長的少女時代，那該狂喜自滿的，那該忌妒的不平，都築成像厚實牆面一樣，讓女孩們在很久以後，年長時常洩洪出不明所以的壓抑與神經質。

因為我們背負著我們該死的小幸運，我們有時讓自己像個傳奇，有時也像個長期不受眷顧的挫敗者。這樣彷若街市的紛雜傳聞，在同性眼中出奇的幸運，都讓人感到誰走在誰的恍惚之夢中。人問女生為何為難女生？因為女生通常為了在同性間的榮耀而活著。

我們一無所悉，裝成我們像是主角，但我們都知道誰才有資格一無所悉，我們都裝傻著，讓這個遊戲被接力下去。「喂，妳知道那個誰有多幸運嗎？」這熟悉的耳語傳著太久以來的悲傷，我們都輕盈地笑著跑過去了。

信以為真，是這個性別的真相。

輯三
我們真的面對霸凌了嗎：階級下的人性之惡

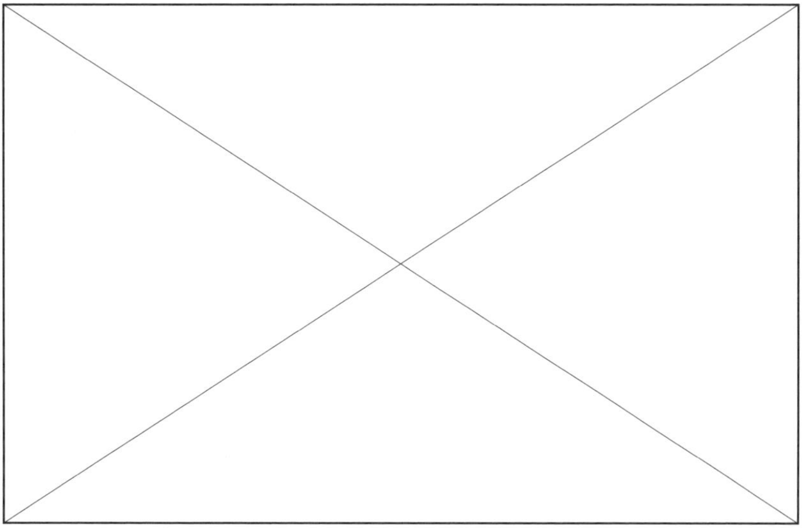

雖然可恥，
但卻那麼有用——
寫給曾被霸凌的人

身為一個被霸凌者，
永遠覺得可恥的是自己。

在人群中，我微微冒汗著，我們都一列一列排在樓梯口，像動物頻道裡大遷徙的牛犢即將要衝破柵欄，每人一身藍色素服，遠方有蒸便當的鹹膩味。我們照例說應該是清爽、乾淨，遠看像會散發著如同蒼翠平原的氣味吧？沒有，今日是動物的莽原，被窗口陽光曬著炙辣。

我在人群中，看起來穿得一樣，但又怕被識破的一個符號，一點點恥辱感不斷流洩出來，像是有一條粉紅色的絲巾，摸起來還是令人毛骨悚然的精緻緞面，正從我各個內心隙縫中一點點被抽出來。一團團豔粉色，像個胎衣，淌著汁，抽不斷地在我體內流洩出來，可恥感如此滑膩而確實，尤其在豔陽注視下，有種微微的嘔吐感。

身為一個被霸凌者，永遠覺得可恥的是自己。

我們那時正要去參加朝會，老師嚴厲叮囑我們的儀容，好像遠方正有戰場要我們去逐鹿，但心情因那些口號卻軟爛成一團。愈打愈不成器的軟爛在我心中發酵，朝氣是奔向自由，而非奔向層層疊疊的制度，那大概只有我這樣想。每次有校園的陽光掃入，我就像被轟炸過的草原一般，將一滴草上露蒸發殆盡地這樣想著，怎麼可能有像我這樣一點朝氣都沒有的學生啊。

我想在那裡權充成一個數字，在這三年為限的時間裡。但我的身體不聽話，我的身體無法混淆視聽。某一日，當朝會的鈴響起時，斜後方的幾個同學講起對我照例的閒語，「那麼高的個子，球打得卻很爛。」「她四肢好像不太協調，走路很奇怪。」「那頭自然捲亂成那樣，為何排在最前面？」

我的腳步突然在那一瞬間無法快速下樓，我忘記了左右腳的順序般，極端笨拙地一層層走著。無論如何冒汗，同時狠狠地斥責自己，我的下半身就是無法聽從我的意志，後面的同學都被堵住了，我遺落了我身體的存在，在一個應該朝氣蓬勃的朝會現場。

之後的一週都是如此，即使臉頰熱紅到發痛，我也無法順利下樓，只能一腳一腳的對齊，像摺疊毛巾一樣處理自己的存在。充滿恥辱感的下樓方式，那一週的每一天早晨都是迎接恥辱的來臨。我在各種整齊，需要對準的一致化場合，就會出現了各種歪扭與失控，無法成為一個號碼的深切恥辱感，是從小一開始。

之前某一篇提到因交通車的巡禮，而發現誰的家境如何，我是其中之一的顯眼。七歲前我住二樓洋房，雖然後來被迫遷離，但第一次上交通車時仍太過顯眼，兩三個同學的交頭接耳與投射過來赤裸眼神，內心就感不妙。那幾乎是喚醒我前世原來是賽倫蓋提大草原上身為一隻蹬羚的直覺，知道被在草叢裡的動物盯上了，雖看不到那動物的眼神，但那如火光的熱切，你知道狩獵的氣味正在蔓延。

從那時開始知道人還沒有披起禮教那身外套前，童年野生的各種情感原來是這般肆意流洩出來，滾滾滔滔的百無禁忌。那是如亞馬遜叢林般的破形怪狀與鮮豔叢生，是多麼吸引人，我身為一個被狩獵者，竟幾乎好奇了那在規矩下流出來的是什麼樣的腥氣。因此當它包在一個過度刻板的制服下時，我更覺得後來即將撲將出來的，是早已逮住我的惡爪，或是我自己原本厭惡的斑斑點點被刮出痕跡。

屬於受害者才有的氣味，是否被我帶進校園裡了呢？我那時曾這樣想。

我那團爛泥一樣的粉紅自尊，如大腸小腸般散亂在四周，被拉得七七八八的。如今想來是電影《發條橘子》裡的某種景貌，一切秩序下的瘋狂，被我窺見了，我這雙愛窺伺的眼啊。同學同時發現我臉上有個寶島形的胎記，在左眼下不大不小的一塊，讓我在交通車巡禮之後，有了更易被捕獲的記號。起先是三兩同學的挑釁，之後某天步下交通車時，前面的同學突然跌跤，剛好是那三位同學之一，於是我被老師誤會有推同學下車的惡意，一被公開斥責，解釋的語言再也不成句。

接下來，全班都沒人跟我說話了，在我窺伺自己將發生的一切同時，忍不住又做了一個實驗。我與之前相熟的同學講話，果然被遞了一張紙條：「我不能跟妳說話」，我在推演更多可能的同時，讓自己成為一個殘酷的觀眾，這一切就不致太難堪。

但當然難堪，被誰踩了的啪吱一聲，原來是心的顏色，鼓鼓的發脹。橘紅色、粉紅色的，那些唯一可以被允許放入井然校園裡的彩物，都流出膿汁，張牙舞爪的動物園風景，秩序下能獵捕人的訊號。

於是我有個防空洞收得緊，在那歲數是沒處可逃的。你開始有一個樓梯通往潛意識，那裡像間地下室，學習寫字寫成句，是挖地洞的逃啊，把家裡書架上可以看懂的書都拿來啃食啊，像餓死鬼一樣吃，是搭了天梯往上爬。小學三年級時，當我以為早已忘記一年級時的遭遇，我讀著沙林傑的文字，也像在戰場上歸來一樣，哭啊哭的，只管往上建、往下逃的忙。

只有書裡的那些人，讓我每日在那非洲大莽原、在亞馬遜叢林中，除了野生奔騰外，看到了有光影搖曳，有人在堡裡駐守。雖然怎麼走都還有一段距離，但總還是喊著「等我啊！」的嘶喊，逃過秩序中的至髒至亂，從此我不信整潔、不盼陽光在眾人口中的紛紛和煦。

曾像快要噎死一樣吃了《蒼蠅王》的字句，但對自認看起來一定狼狽又可恥的我，卻是有用的。後來某日，我看著那權衡著我家人與校長關係而不敢打我的老師，她做得埋怨且明顯，我聽著班上的閒言閒語，輕聲地命令老師打我吧，我還在賽倫蓋提草原上，知道草叢後的動靜，知道他們在等待總有更弱的外圍，只是再也沒有恥感。

學校這注定野蠻的地方，成為回憶後，不是曝曬就是清冷。我至今仍有一個自己在逃著，逃到那個自備的防空洞裡，打開書頁，急忙跳水一樣的逃進去，像溺水一樣哭著漂流，在那裡掏洗出泥沙中的碎鑽，是我信的人性中的一點光，帶它回到這走不穩的扶搖世界。曾自認這樣可恥的自己，懷著一點借來的清火，吃著大把如薪柴的字，我要這樣亮亮的，抵抗在晝日下伸手不見五指的黑暗。

暴力是可以很平靜的——
我們為何身處在
「霸凌的世界」裡？

原諒我是個怪物，
因為我依然對這世界懷有希望。

每一種霸凌，最殘忍的是它真如同在電影《青春電幻物語》裡描寫的，霸凌是可以很平靜的。太陽可以依然和煦，家長依然烹煮著好吃的飯菜，人們開始要準備回家，巷弄開始飄出酒氣，然後只有你被拖進了霸凌的時空。世界像快壞掉的電視，你拍打著訊號，它仍播著剛剛迪士尼卡通的貓捉老鼠音效，你可以想像有幾家孩子在歡笑，你的腦袋裡只放著那首老歌，歌詞是這樣唱著的：「難道他們不知道這是世界末日了嗎？」電視遂斷了訊號。

你的哭聲被真空抽掉了，連你都聽不到，等著明天他們那些霸凌者是否會再接近你。

我以前曾看過一本漫畫，畫著被霸凌孩子眼中的世界。那漫畫可以藉由科學儀器讀出死者腦中的片段回憶，發現被霸凌孩子眼中的同學與老師，面孔都是模糊的，本想以此探案，但失去了線索。當時深深佩服作者，沒有人知道，被霸凌時，周圍在笑或低聲不語的同學，在當事人眼中都是糊成一片的，或是扭曲成為怪物的，每個人都以為他們目光中只有欺負者，其實他們目光中是整個世界都扭曲了。

如果我能繼續寫，我希望能借個樹蔭講給你聽，以免人生的鋒利處太傷人，在這處講最好。

如果有樹洞，我會跟你講，有人的地方就有霸凌，這是根植在我們歷史裡，我們基因裡，我們所有被當成殘羹剩屑的惋惜裡。但就算它自古就有，身為一個人也不能無視它，霸凌常只是被當成某幾個人的偏差行為，但其實霸凌情況愈嚴重，那就是整個階級社會裡默許的常態。它會到職場、會到網路上評看人的體型，會在你討論八卦時看人的角度……人們太小看「霸凌」，霸凌是一種看人眼光的偏狹，是這社會是否充斥著指桑罵槐的沒識見。

就是太羨慕同一種人、太相信同一種價值，你所欣羨的渴望，會鬧成心中的鬼，吃掉那些與你所欣羨的相反的人，所以常聽到：「會被霸凌的人，是否自己也有太過示弱、讓人不舒服的特質。」那何嘗不是人想將自己貢獻給社會價值熊熊燃燒的意念，你多想讓這社會認同你，你就多欺壓那些社會不認同的，像踩壓不喜歡的自己。這是融入這大社會的欣喜，模仿社會的欲念，讓社會接納你為骨血的精神上求歡，彷彿社會就是個陽具，霸凌只是一個崇拜與獻上祭品的方式。

說穿了，就是這麼原始，任何文明都依附著我們本質上那原始的交媾欲望，人們向著這社會求歡，成功的方方面面，都是那不斷求歡的律動。我們看起來像在抽搐，但上癮者會不自覺地霸凌那些求歡不成或無意求歡的人。

也就是「社會價值」（這裡可以解讀成帝王）所不待見的人。如祖先圍著火堆跳舞，如人們對灰姑娘那雙鞋的意淫，霸凌都是種更忠誠的表現。

人們多半會書寫被霸凌者身心殘破的創傷，但屬於霸凌者的失憶與不自覺，才是更包圍且更根深蒂固的；至少鮮少有人直言霸凌者的「社會陽具崇拜」，這斷不了根。價值觀會跟著社會與家庭教育傳承下來，愈來愈多野人會跟著火堆起舞，這是社會本相。霸凌也隨著時代有著「政治正確」與「合乎時宜」的樣貌，中世紀的獵女巫，當時是合乎社會時宜的，或許那時正義的熱血正充塞著他們的心智。也有檢察官帶警察進校園問誰霸凌他的孩子，後來對其窮追猛打的人，那份見獵心喜，讓人知道霸凌之上，有著更多社會風向的迎合，一個疊上一個，要摘取在最高巔上「政治正確」的那朵花。這時自幼的身心教育都比不上大人攀龍術的沙包樂，只因那是地方小官，人們就血肉花開地陷入「社會代言人」的狂喜中。

這多像《紅樓夢》的花襲人，無論只是伺候公侯府上的少爺，那能上少爺床第的，就有著龍衣人的驕傲，儘管只是丫環，那貼近主子聲息的位置，仍是大觀園裡最不可忽略的存在。「花襲人」一角固然是忠奴，那些小心思仍是成功者心頭火燒不完的欲望。

我因為曾被霸凌，愛觀望這人心的野花野草，春風吹又生的景致。但也知道被霸凌者那「個人世界末日」的無聲無響；我並非從小就相信迪士尼世界，但這也曾碎了我的一方天地。時時想著若是那曾相信純粹良善人間的人，暫停時空的「世界末日」會將他的心揉壓成一個什麼不乾脆的形狀。

如果你還在樹下，我們還能在字裡涼風栩栩，還能看向那遙遠的遠方，知道霸凌是社會行為，是階級世界的看門狗。你的心如果曾因此被打得皮開肉綻，你如果曾因被霸凌，也跟我一樣看著圍觀人的一片模糊，那就是我們都曾看過地獄了而已。

那樣的「世界末日」，會讓另外一個世界在你心中升起，你有不同的日昇與黃昏。你知道沒有理想世界，你知道這社會是階級的工具，你知道你有模仿的三分像，即使只是裝成一個小廝，但你的心有可能與你看過的地獄一樣壯大，把那一戳就破的社會陽具幻夢，任它流瀉一地，聆聽滿是人們求歡的吟哦。如今人們對成功的撰寫，如性的驅動力，成了根本群體成癮性，一旦成癮了，不可能有識見與空暇分辨何為霸凌，因此霸凌無所不在，從體型的取笑、家世的不同、網路上無止盡的附庸與反對，語言成為刀劍甚或砲彈，為著向社會的求歡與否的焦慮。

這粉粉的肉色世界，人性的無限循環，如權力是春藥，人們跟著這份依附而來，在聊賴人生中，對成功有著性的追求。你從不會意外每個成功都集結著眾人成為根球的栽種，那瘋狂的獻身形成我們當今的浮花世界。

你我且在這樹下歇息，只有這方清淨，然後不住地叮嚀著，那略帶遲疑的、曾被欺負的，我們可以行過地獄，但不要走向人群核心。在行經之時，不忘留下祝福，讓燠熱之處仍有清風。

數位盛世下的動物感傷

在全面的消費教義之下，
成功者只是祭司，他們沒有名字。

「我不像你們這一代，我們連悲傷都找不到理由，怕一碰就到底了，很蒼白的悲傷。」

這個年輕創作人喝完酒後，說出了很像是日劇《只有我不在的城市裡》第一集主角被編輯退稿的台詞，「我害怕深究自己，也害怕去確認自己的一無所有。」但我看著這創作人的側臉，我是信的。沒有正當理由的悲傷，的確像霧一樣緩緩落在我看到的新世界中。

看起來極度富裕，又極度敗落的世界濃妝豔抹。每個人頻寬開最大，每個人可同時擁有三個螢幕、五光十色的人聲流動，人們開始炫耀或仿製那些情緒，在麻木之前，有點沾沾自喜的悲傷晾曬出自戀的氣味。各自表述的時代，每個人每天登台一次，在沒有人的小劇場裡。

所有的情緒在它登場前，就被預演過了，一如這幾年像被鼓勵出現的大量沒有演技的演員，我們需要他們的表情符號來演戲。

我們兩個世代情況不同，但我們都打開新世界的門，迎接我們的就是無所不在的擁抱。各種空虛的華麗，像野火燎原般燒著各種可以再生的華麗。我們踩了一地的空泛，彷彿輾過橘子與香蕉皮的聲音與氣味，有著肉色的洩憤。

我跟那位創作人說：「我們這一代像被推進一個新的舞場，不合時宜的跟著新招數比手畫腳，而你們好像原生在那裡，但那裡是個都被人工調節好的溫室。」

空虛來的時候，它會先給你滿滿的擁抱、填滿你眼目所及之處想要的東西，直到人們開始不想要與懶得選擇時，它為你演算好一切，空虛就吃掉了這世界，

這是我們在《猜火車》年代奔跑時，隱隱不確定的遠方；也在我們還在看《鬥陣俱樂部》時，彼此揮以老拳，看著那星星點點的血，仍無法預知的一切。但我們悲傷的預感靈驗了，所有未來的「成功」，它只是很像成功，所有未來的失敗，卻都是真的。「成功」的貼紙摳不掉，只能摳掉點黏屑，裡面可以投射出馬雲、祖克伯的頭像，在新的國度開疆闢土的西部荒野戰士，應許了新的理想國，開發了新的烏托邦，將實在世界的東西，複製在我們彈指之間。

一切以空虛為名的建設，因為滿足不了的上癮，它成為一個更精密的烏托邦，所有讓人更便利的，都讓時間失去了實在感。人生可以讀成壓縮檔，或是被人已讀不回的擱置。

時間看似如此大把，在彈指間灰飛煙滅。未來誰說明得了人生的重量，於是它連老都不允許，老本身就不符合這世上整形過的輕快與青春。相信自己親眼所

見的人，是幸福的被催眠者，我們正以虛假空轉生命本身，科技沒有什麼不好，只是它改寫了人對真假的評斷。

二〇〇八年《黑暗騎士》風雲一時的小丑，這魅影到二〇一八年差不多已經過去了。因為溫水煮青蛙大致上已經完成，我們失去了嘲笑能力，每一種嘲笑都帶著絕望前的哭泣。

但我們睡了，深深淺淺的，睡在被演算好的節奏裡，夢裡我們很年輕，我們比起科技的演算，該死的永遠年輕，疲倦的必須年輕。在沒有出口處，打開求生門，進入另一道前往求生門的地方，光是這樣的過程，我們的「青春」就像熱帶氣旋不斷滯留在上空，雨要下不下的充滿水氣，我們人生面臨球賽的殘壘，「青春」尷尬地在開機狀態，任誰都是充不飽的電池。

這讓「老」被壓縮到形同死亡的降臨，非常不慈悲地翻飛單薄起舞的人生。

沒有人比得上新世界的「青春」價值。它因炒作待價而沽，你只能追上它，與它為伍而已，人類第一次迎來一個「青春」不朽的年代，它是絕對至高無上的商業價值。

少人提，但一定有人知道。《1984》的老大哥已來了，它不是以國度或威權統治者之姿，而是經由所有的消費行為來形塑與觀察個人，並且以消費行為來定義「成功」這個被虛擬的符號，它裡面被塞滿了各種勸敗的消費行為，同時以消費的無止盡加深失敗的存在感。

一切都在你伸手就可支付的動作中，你變得無法想像這世上金錢的累積與消失，它變成一個難以掌握的神祇。在神祇之下，成功者只是祭司，沒有榮耀這個東西，只能賺取別人的羨慕集點。

因此李滄東執導的《燃燒烈愛》雖然不是最好的作品，但裡面提到的「不要想著這裡有橘子，而是要忘記這裡沒橘子。」忘記成功價值已不存在，忘記個人的獨特性可以被取代，像日劇《火花》裡，只要抓住那幾秒的火花，那是個人追求的可貴存在，已經跟群體被設定的「價值」沒有關係。像韓劇《我的大叔》裡的大叔們，所有成功的程序都做到了，但過程中只會愈發提醒你這是空虛的本身。

忘記這裡沒有成功，只有一再重啟的「青春」。我們迎來這空前華麗的盛世，只是這養分是來自於人類集體空前的荒涼，我們從沒像今日如此被綁成一束束，分子化的被丟置在洪流裡。

它讓我們的生活也變得空前輕盈，因為沒有價值可以衡量自己的獨特，這輕得像霧，沒有感覺，緩緩飄落，置身久了也可以開心地生活，但落後個幾步，你就可以看到霧更濃了。

跟我講話的那創作青年衣著很潮，衣食住行都不缺，但他說的話語中並非帶著時興的自戀而產生的悲傷，而是這裡與當下都空泛的裡外，我們的輸送帶被餵得飽飽的，這樣被荒蕪了的青春概念。

當然，我已是上一輩人的悲傷，我們這一代或許有很多烈士型的人為我們訴說。如小說《阿拉斯加之死》想逃避物質世界的主人翁、《猜火車》主角們還在有氣無力地奔跑著，如楊德昌的《一一》的少年背影、古谷實漫畫的廢柴主角。我們小時候有《四百擊》的那男孩陪我們跑到世界盡頭的海邊，我們好像有很多人可以幫我們說些什麼，甚至包括被人當成殘酷又浪漫的代表Kurt Cobain，控訴著我們即將面對的買空賣空。

即使這樣哭笑不得，我們還是迎來了這樣的時代。

在綿延重複的時間軸上，值得一朵花盛開的時間。我們一開始就無限延長的凋零青春，知道了這個，即使嘲笑了也是笑，值得你大力笑出聲，笑出像一個人類的回憶。靈魂逐漸遠離，往反方向奔跑的我們，迎向另一次重新啟動前的淨空模式。

夢想是對「自己是誰」的永恆叩問

在飽嗝的世界中，
夢想清瘦，是靈魂的身影。

「每天拿那點零錢，活在那天的夕陽下，身上不背負多餘的東西，我打從內心憧憬那樣的生存姿態。」這是日劇《火花》德永描述師父神谷的一段話，聽起來非常理想，非常夢幻，事實上神谷的日子是落魄的，但拿來形容夢想的滋味，的確是會讓人以為有這樣的滿足感。

那部劇多半是夜景，深刻的也是他們形同夜的處境。諧星演出通告零散，他們多半在晚上打工，像個螢火蟲一樣，燒著內在。每晚的餘燼，都讓自己睡得穩一點，也錯以為死去一樣的沉。

東京入夜後顏色都帶著食物料理味，尤其在影像上，主角們吃著碎燒肉，喝點最便宜的酒，在巷弄最角落的店裡，他們暢聊完，通常是深夜了，這城市開始有了廚餘味、醉漢的身影，各種顏色的殘渣在路上。有時就倒在路上，但意識仍是清楚的，講起搞笑段子情緒仍是高昂，跟他們隔天醒來即將面對被冷落、等通告、在超市門口扮玩偶的生活不成正比。

夢想正帶他們飛行，再飛一下吧，你說。最後一點火光就會跟著睡意撲打過來。這樣的生活或許一點都不美，有人甚至會生氣地說：夢想真值得你這樣過日子嗎？一點也不壯烈啊，這不是個羅曼蒂克的時代，你沉迷在夢想這有酒精的世界，換來的只有空虛的飽嗝。

很可能很多人碰到德永都會這樣跟他說吧，誰不知道呢？但夢想是喜歡上自己的方式啊。

以假亂真的年代，有比夢想更真實的方式喜歡上自己嗎？

相反的，每天多討厭自己一點是更方便的，每天多往上爬一點是理所當然的。但夢想接近那個最喜歡的自己，或許終究不會成為那樣，或許根本與自己無關，但這樣喜歡上自己的方式真的不對嗎？

曾看北野武的一篇文章，他寫道「正因為不可能實現，所以才是夢想」。也批判現在教育逼著人們要快速有自己的夢想，沉淪到買個名牌包就以為是夢想。

原來現代連「夢想」都被消費了啊。如果硬要當拿夢想當誇口，未免對其他有夢想的人太羞辱了。不如將人生快轉給他人看，以吃到飽的態度浪費到死掉那刻為止。

「夢想」沒高尚到可以誇口，夢想只是一點一點喜歡自己的過程。當這世界失去夢想時，自己仍找到可以走到下一步的力量。

德永跟他的搭檔後來拆夥，一個轉行當房仲，一個回了鄉下，但夢想那樣近似於一種終生戀愛的感覺，對德永來講並沒有變。

對人的初戀可能停留在那一年，但「夢想」這傢伙，是人永恆的初戀。讓你唯一不厭倦自己人生的，是對更好的自己的初戀。

無論結果多淒涼，都不能阻止你為自己的人生綻放一段火花。

物質世界之於人，不是俯拾皆是，就是被視之如敝履。每一種物品為了淘汰而生產，這樣的世界，人很難找到與自己人生等值的東西，只為了下一次的上癮，你拋售了你的人生。

但夢想不同，夢想不在於實現，而是喜歡那個正在實現夢想的自己。這就是德永的堅持，無論實現了沒有，或後來差點成名，都不影響他對夢想的純情。他怕的是名氣來時，自己的夢想是否會變質，如果連它都失去，就一無所有了。

很多人的夢想是迎合成功，德永可貴的是，成功與否，他都不想犧牲掉夢想，像寶物一樣守護著，認為夢想終究是私人的追求，能追到人生最後一刻是幸福的人。

我記得電影《三月的獅子》中，收養主角桐山的將棋老師對他說：「你第一次說喜歡將棋或許是謊言，但你能堅持到現在，代表你深愛它。」

《三月的獅子》對於夢想是什麼？夢想會如何讓人面對自己？沒有什麼教條講述，而是讓你發現自己內心有頭獸，當你在實現夢想的同時，對決的不只是一路出現的對手，而是自己那頭會恐懼、會深感受困與懷疑的獸。你要怎麼降伏它，讓它在那近乎「神的時刻」平靜下來。

電影裡另一位資深棋手島山老師在奕棋時，內心有一段獨白像是回應夢想的考驗：「山形縣美麗而殘酷的雪，是我內心的白色闇影。」鏡頭拉遠，看似是他的回憶，又像是他過往練棋的生活。在山形縣，冬季長，雪一直下，形成這選手的內心風景；既是真實，又是隱喻著一生是與自己的獨弈。

這部電影充滿日本節制的美，是對如今張揚人世的對照。主角與最高段棋士宗谷的對弈，宗谷的第一步棋子是個試探，如同叩問桐山：「你是誰？」藉由一步步對弈，桐山回應了這個大哉問，窮其他前半生的努力。

相對於沉迷於賽局勝敗的人，老師父說：「將棋不會奪走任何事情，堅持到最後，總有一步會讓你幸福。」這故事的最後一局棋沒有演出勝負，只緩緩照出棋士一步步走向賽事的身影，彷彿讓內心踏實的路只有這一條。

《火花》的德永最後轉行了，但跟前輩神谷再見面時，兩個失敗的人都不真的放棄漫才這門藝術，因為那已經是「自己」。人生有很多種過法，有一種是將人生過成藝術，人人吃喝拉撒睡的賤命一條免不了，但夢想是把人生雕琢成藝術的方式，不是展覽型的藝術，而是尊重生命本身除了生存，時時刻刻都仍有力有未逮的追求。

那麼一生一瞬，就有了相對的價值，譬如火花是對永恆的信仰。

這繁花世間本質的
罪惡與哀愁

一路走來，
我們高估了幸福的滋味，
低估了不幸的價值。

這樣的世界看起來應有盡有，滿滿的堆放，應接不暇的生產，沒有什麼獨一無二；無論如何的精緻，無論誰的樣貌粉雕細琢，都能有山寨版。我們把東西弄得很昂貴，只是為了它明日後的貶值。那是端看我們今日渴望的程度，沒有什麼東西不被這樣大量輸出給輕賤。

踩踏所有無可取代的，成為唾手可得的。

我們這樣看著這世界，像它逐漸無機化，我們面對一個巨大的物質本身，逐漸看不出它的價值。如同我們的心被布矇住了，才能進入人們這滿溢的世界，而不察我們已經無可被馴養，以及無法馴養了什麼。

人是孤伶伶了，只剩彼此餵著對方，即使知道對方已飽。

那精神性的匱乏，與我們時時被追趕的腦滿腸肥假象不同，不然就是有人精神上直接夷為平地，不然就是有人的情感呼嘯得讓自己跌跌撞撞。

我們看著那些嚮往純真的年輕靈魂，始終擦撞、傷痕累累，只希望他們有一日能迫降成功。在這被杜撰的世界，有一個自己的實在。所謂年輕的靈魂不只少年時有，有人終生都這樣戰鬥著，如忘了年歲，只怕這世界如此蒼老。

有人喜歡提到《小王子》裡狐狸與小王子彼此的馴養，之後看到麥浪會想到彼此。那很像是日本人講的「物哀」美學，所有的身外之物原本是人的回憶，幾枝筆與隨手堆放的書、還有溫度的茶杯，紀念著你之後轉進迴廊的腳步聲。更明顯的是像電影《情書》裡那女主角抬眼看著窗簾後的柏原崇，之後只剩下風動窗簾而已，那是「青春」走過了吧。人也有著同一條路，但某一日走著，那條路終於因為什麼景色，或是誰的道別，而成為你人生中永沒走完的道路。

那是一個永恆的概念，餵養著我們對生命恆常綿延的情懷，超越了所有人事全非，超越不可預測的命運，看待人生的不住懷念，也是《小王子》裡那朵玫瑰的不同意義。希望總有一個閒常之事物，對你而言，是近乎信仰的對待，超乎別人怎麼看待與評價，只單單對你而言，它足夠讓一日復一日，堆起你人生的信念。

那是像對待積木的專心一志，那是對待拼圖一角沒湊齊的完整想像。固然知道這兩者對他人來說都是脆弱不堪的，但殊不知你在那個當下，是沒有物質概念的，是你純粹追隨你生命中純真的概念，並且因此對這樣的自己，感到了即使有一日孤獨，也有了能依存於自我的心。

人們通常是討厭自己的，這是這世界的玩法，我們迷失於各種引誘中，我們被提醒各種的得不到，我們被誘導著與別人同做一個不屬於自己的大夢。這些失落感，不是逼著我們去追逐或去逃避殺時間，就是把我們擊潰一樣地再度面向著實問虛答的世界。

但這樣的討厭自己進而討厭他人，因是基於虛妄的價值，變成連討厭都沒有了意義，這是現代世界之惡性。那與其他時代不同的是，我們高估了「幸福」的價值，低估了「不幸」的價值。

「幸福」是我們現在打造出來的金玉世界，比一應俱全還多，比你想像的還要更如人所願，那是依照我們以為的「幸福」來創造，卻沒有人真能詮釋這就是「幸福」，那都是我們以為的。但有一種惡意是在大太陽底下，在應有盡有的東西前、在人人衣裝整齊、食物吃到飽的面前，而感覺極度空虛的惡意。沒有比周遭明朗而造成的孤單，更讓人難以承受了，因為那是日日夜夜的累積，遂成為一個內心的空洞，除了空洞本身，它逐漸沒有別的東西。

這是為何社會有孤狼效應犯罪的原因，我們如此窮於將「幸福」展示在大家眼前，但不知沒有各種缺憾、沒有各種無法挽回的經驗下，這樣的「幸福」無天無地被放大得太早。人生還沒有脈絡前，沒有知道有極限前，幸福就像個蜘蛛一樣盤踞著一個孩子的價值觀，幾乎沒有不幸的概念，也因此去除了任何體認到「不幸屬自然」的耐受與同理可能，那就是人生一個筆畫。半數留給了虛無，賠盡了無數孩子的人生。

於是我們驚訝有人行著健康開朗的形象，犯下難以理解的殺人暴行、我們看到喝酒駕著跑車撞死人的事情一樁又一樁、我們看到夜店前為爭女孩的寵，失心瘋地起爭執殺警、中產階級孩子的憤世捷運行兇、有人幾乎無動機地當街殺童。那些犯意人生一飄疾走的重量，忽地沒有任何載重的價值抓地力，是人被一路駛到盡頭，全無煞車意念的「幸福」，帶到了空空如也的世界。從頭到尾，一顆心都被蒙上了布，不識得人生那些必然的哀愁，才可以讓你有了不同，讓這世界的幻美，有了重量。

不然就只是一場場華麗的宴席，無論能否出席入座，都是抓走人的空無力量。它會一個個抓走人，在歡快與明亮的幸福世界裡，沒有黑暗襯底，那空白比黑洞還深，還沒有底。

沒有人知道，那麼多年輕靈魂為何在這時代感到哀傷、為何有靈氣者如此反覆不安，為何心智早醒者有這麼多疑惑，為何有人深惡痛絕的厭世情結會流行……其實是心痛的暗影，這世界空白的讓人太陌生了，這麼滿滿的空白，是歷史上浮華的鬼都上座了，是餓死鬼在宴客的主桌敬酒。有著如同一場場流水席的世間，我們太「幸福」了，讓那些天上水裡星星朵朵的不幸沒有辦法為生命唱歌，唱首眷戀人世的情歌。這如《紅樓夢》的大觀園，一開始就是場夢的走文，那雕梁畫棟與笙歌處處，誰在夢裡能活得踏實？

不是死人，就是渾沌的人，剩下的在醒醒睡睡間，總有想念純真的人會想哭泣，因為自己就算能找回踏實，也知道這藉幸福之名的大夢裡，陸續有多少人一睡不醒。

這是一個最空虛的年代，我的這篇文章是寫給那些感到這世界仍如此陌生且不適應的人，還有那些還在掙扎的年輕靈魂。或許也會因此會感到憂傷與躁鬱，會被他人解讀是文明病，但有時注定是不能跟這世界並肩走，不想被這些空白抓走是自然的反抗。執著於純真者原本只是想路過，但要把這一條路走完，處處看進心裡，然後傳給下一個旅人。畢竟這是太明亮的黑暗了，需要有人三兩在前方，堅信在曝亮之處仍然有暈染的字花。

每一個真實對面，
都有上百個謊言——
世越號事件，
一個官僚殺人的悲劇

一件重大災難發生後，
最令人難以忍受的不只生離死別，
而是那伴隨災難而來，
一連串被刻意扭曲與荒謬化的現實。

「沒有一個人站出來告訴大家根本沒有進入船內搜救的真相，愈是高官愈是站在麥克風前面油嘴滑舌。」一個等不到生還者的家長說。

發生在二〇一四年的韓國「世越號」船難，或許很多人已經逐漸淡忘，包括韓國人自己可能變得相對沉默，但這件巨大災難發生後，除了沉在海底的三百多名師生外，受害者仍不斷增加。諷刺的是，這些「受害者」卻是當時冒險潛水進船內尋找罹難者的民間潛水員們。

早就過了黃金七十二小時救援時間，官方與海警潛水員沒有人真正進去深海船底搜救，只等待民間人士憑著一股良知進行長達三個月的潛水搜尋。而那群民間潛水員之後不是因重殘入院，就是因業務過失遭審問，甚至自殺，由他們背負著不名譽的罪。「世越號」船難到底背後藏的是什麼真相？經過三年之後，終於有人將當時民間潛水員背負的真相曝光，寫成報導文學《謊言：韓國世越號沉船事件潛水員的告白》。

當時這群民間潛水員，因救災搶時間，沒有人想到要跟政府簽下保障自己權益的合約，就這樣潛入以海流湍急著名的「孟骨水道」尋覓受難者。在深海潛水界，「孟骨水道」是被稱為在那潛水一天就等於耗掉一個月生命般的危險地帶，但海警潛水員並沒有潛入船內，僅是協助民間人士進入那狹小變形的船艙，在黑暗深海中搜尋遺體。因沒有裝屍袋，他們就這樣必須與屍體臉對臉地緩緩回到海面上，無法避免與死者肌膚、氣味的接觸，如此三十名搜救人員在狹小的駁船上度日。沒有床，全都睡地上，無法與海警一樣住在寬敞的潛艦。

在惡劣的搜救環境中，他們開始發惡夢、出現幻覺，且駁船上沒有醫生，只有物理治療師，做基礎按摩後，讓他們忘記身體疼痛，繼續潛水忍受劇烈的海流。

這故事是由一名潛水員揭發，因為他們裡面有人被控業務過失。三個月後，必須以殘破的身體出庭接受審訊，「潛水員是沒有嘴巴的。」書中一開始就提起這個守則，但當他們不知道政府派他們去「救生」，還是「送死」時，他們的嘴巴必須打開來，即使當時民眾接受三個月媒體的疲勞轟炸，已經沒有人要聽。

而在他們搜救的當時，也鮮少有新聞報導他們。這件事的報導被誘導到拍攝屍體與家屬哭泣的煽情方向。

卡夫卡有一本書叫《審判》，主人翁K在某一天莫名被捕了，他要申訴，但面對整個官僚體制，接受長期的審判，他卻不知道自己的罪名是什麼。這本小說卻真實發生在搶救「世越號」的潛水員們身上，一名潛水員在每日三次搜尋的過程中意外死了，必須有人出來扛罪名，政府就將矛頭指向其他過勞的潛水員（因為之前根本沒有人知道他們的存在）。

這驚悚程度接近一個恐怖的床邊故事，但不幸它卻是真的。

當權者如何用「謊言」殺人？其實比你想像中要容易。無論掌權者有可能只是傀儡領袖，或是他背後有財團支撐，「世越號」這事件發生至今，真相仍是無解。當時掌權者朴槿惠儘管已因收賄、濫用職權入獄，但「世越號」救災不力的責任仍無官方承擔，只有一批批民間搜救者當代罪羊。

而那群民間搜救人員，都因嚴重的「減壓症」無法再潛水、失去了生計，迎來的是出入法院，以及漫長的復健。

此時，只要釋放一個「謊言」，就可以讓「真相」鞭長莫及，比方對外誇大撫恤金的金額，而因潛水員不符合法案中的「受害者」條件，其實並沒有得到應有的賠償。

「政府應該不會這樣對我們吧？」我們都這樣想吧？曾經光州血腥鎮壓事件的受害者這樣想；進入「孟水骨道」的救援者也這樣想，而「世越號」受難者的家屬應該也沒想到政府會在黃金救援期間閒置救生設備，只是等待民間救援，遺棄了他們的兒女。

而民間救援者也被要求簽下保密協定，是為哪一方編織了遮羞布？錯放消息，犧牲百姓，保密至此？此件事情看似落幕，卻呼應著曾被掩蓋的光州悲劇，持續就激發韓國影視界不斷拍出喚起社會良心的作品。如《我只是個計程車司機》、《秘密森林》、《Argon》等，「世越號」累積的民怨，也是前年韓國民眾走上街頭反對朴槿惠繼續執政的原因之一。

一件重大災難發生後，最令人難以忍受的不只生離死別，而是那伴隨災難而來，一連串被刻意扭曲與荒謬化的現實。只要有心者放出一個謊話，讓民眾產生矛盾，認為「夠了吧！」「該拿到錢了吧，還要過日子呢！」，真相就會變成啞巴，謊言就會成為共識。我們誰都可以變成卡夫卡筆下捲入「審判」漩渦中的「K」，「世越號」事件正隨著海流，這樣無盡拍打地說明著。

納粹並非
沉睡於歷史——
看邪惡的養成

如果我們對惡一無所悉，
對善的陌生也將一如過往。

他一早如平常日子起身，這一天，這個「他」很可能變成歷史上惡名昭彰的「加害者」。然誰也不知道，甚至包括他們自己，他們的鄰居也覺得他是個奉公守法的好人，他的妻兒也沒真正懷疑過他們的日子是否染上了血腥味。任何邪惡的災難都是從一群人「日常」的行為開始，一些納粹士兵、某些告發猶太人藏身處的老百姓，很可能在那個時空，都像個篤實的好人，做旁人覺得正確的事。甚至他們很可能在用餐前也會祈禱上帝的賜福。

當誤認某些「惡」是為善時，那作惡的人有可能每天都睡得香甜。如果將心理學家榮格所說的「第二人格」（不容於社會多數意見的本性）收藏好，或甚至像對待影子一樣遺忘了「它」，像忘記帶自己靈魂出門的人，或發現這樣比較方便，靈魂一旦掛在屋內，彷彿不稱頭的雨傘，可能就此在那裡長灰，誰也沒有發現它的不同，它也習慣了。那麼納粹軍官有可能從頭到尾都以為自己是一個「好人」。

如村上春樹所直言過的：「有流行的惡，也有流行的善」。訴諸於群眾恐懼中的善惡判斷，造就了所謂當時「流行」的標準。如今又何嘗不是？歷史循週期而來，從不會錯過任何人性的線索；歷史是人性的跟蹤者，隨時發出「嘶嘶嘶」

的吸吮聲。

這是納粹令人不寒而慄的地方，就是它昭示社會有可能陷入集體瘋狀態中。如張愛玲筆下形容戰爭裡的人們，在長凳上打盹，雖不舒服，但總也睡著了。而他們周遭的日常仍陽光清朗、無異狀似地過日子，沒有誰的不幸真被晾曬出來，人們將多數決即是好人的樣本當標準。然正因為是多數人的瘋狂，你甚至以為邪惡到毀滅另一種族是「正常行為」。

關於「邪惡的養成」，可以從各類納粹主題的電影中看到清晰脈絡。如由導演希區考克擔任剪輯的紀錄片《安妮的集中營》，在二戰終結時，高達三萬多具屍體堆疊成山，居民雖知道附近有集中營，也會看到遠方焚化爐的烏煙，但對照自己社區的綠草如茵、牛羊處處，沒人想得到，或難以想像近在咫尺的「地獄」到底是什麼樣子。

直到戰爭結束，看到集中營屍堆後，四周居民啞然。一如電影《沉默的羔羊》裡漢尼拔醫生問探員史達林說：「妳心中那些羔羊如今還有在啼哭嗎？」其實也暗喻著只有史達林還在啼哭，有些人（羔羊）即使直覺性地哭叫，但未必知道自己被關在籠裡。如美國作家華萊士（David Foster Wallace）在肯陽學院對畢業生演講時所說的故事：「兩尾年少的魚兒，遇到一尾年長的魚，年長的魚打招呼說：『早安，孩子們，今天的水怎麼樣？』，年少的魚之後終於忍不住問：『水是什麼？』」人不見得知道自己置身在什麼樣的時空處境，多數時是像羊群般跟著前一個走，而漢尼拔問的這問題，多年後，回應的卻是電影《黑暗騎士》的小丑。他輕快地說：「當一切按照計畫，就沒有人會恐慌，無論計畫有多麼恐怖。」

在世道混亂的時候，多數人只能倉皇地「斷尾求生」，斷的就是與眾人不同的「第二人格」。有人會開始掙扎痛苦，有人能成功割捨那背對眾人的一面。如電影《為愛朗讀》以「加害者」身分受審的漢娜，你無從分辨她的善惡，能確定的她只是血肉之軀，身為納粹奧茲維區集中營守衛的她，每天篩選猶太人進毒氣室，但卻對染病而在街頭不支的男孩伸出援手，一生渴求文字的救贖。請囚犯為她朗讀，最後卻寧可為隱瞞不識字的真相，替其他人承擔加乘的重罪。

要怎麼看這個加害者？原為車掌的她，深深以自己的不識字為苦，碰到點菜單時畏懼著周遭人的視線，人是可以這樣卑微的。不是每個人都可以有勇氣離群，有人是如此害怕自己的「不同」。

另一部《惡童日記》，雖不是在講猶太受害者，但故事發生在一九四四年，納粹統治的末期。因戰火與父母分開，一對兄弟逃難下被迫與外婆住在小鎮。為了活命，那裡的小孩什麼都吃、什麼都騙，痛罰自己、刻意挨餓、讓自己的心裡長出厚繭來消除任何期盼，甚至要殺死了內心另一個自己，才能不帶希望的、本能性的、務求像牲畜一樣的活。原著作者雅歌塔克里斯多夫（Agota Kristof）表示看了許多二戰中的孩子，而寫下這套書。那些本能性地剝離了自己的心，產生幻覺而活著，靈魂被拆得四分五裂，雅歌塔像人心殘渣碎掉的寫法，反映主角逐漸以人格解離來相對這世界價值的崩潰。

只怕一點人的自覺跑進來，就成為生命中不可承受之輕吧，前半生瞬間土崩瓦解，連點存在過的遺跡都找不到。這是許多歷史事件之後人們無法再對話的原因。而希特勒是個操縱木偶的人，見人窮了，就餵他們夢想、灌食自己的夸談，讓信奉納粹的人都去了一個無名境地，以邪教的方式進行催眠。

導演漢內克曾拍攝《白色緞帶》來呈現二戰前的人性心理，是如何埋下納粹的種子。他聚焦過度崇尚純潔，以善良為表演秀的小鎮宗教文化，造就大人的偽善風氣，這樣刻意節制的環境，日漸讓小孩輕視善良的價值，以為善都可以偽裝，遂讓孩子們步上投機主義的人生，引來希特勒這樣的投機者，造成了人類集體且感染力極強的瘋狂。

從眾這件事，原本就是善惡難分的溫床。

其實並不陌生吧？《白色緞帶》中的納粹本質並沒有在世上消失，我們也仍然生存在一個投機掛帥的世界。善的喬裝仍可以如此輕佻，邪惡仍在滋長，尾隨的歷史總披上夜衣屏息以待。某個納粹軍官的心態非單一事件，它只是時機點上因戰敗可被議論，其他的如哈薩克曾在蘇聯解體前，犧牲那裡的人們，做了四百多次核爆實驗、敘利亞在國際利益中被犧牲的悲劇等。我們仍在陽光明媚的早上，相信著從眾的我們未來沒有更歇斯底里的一天。

人啊其實，對善惡的陌生一如過往。

不只是黑奴電影，
也是惡的群像

我們曾經以為自由是應該的，
應該到將它抵押給了欲望。

「當雪崩的時候，沒有一片雪花覺得自己有責任。」這是波蘭詩人Stanisław Jerzy Lec的名句，人類史上的罪惡，除了二戰納粹對猶太人的滅族行為，另一個就是美國長達兩百年的黑奴統治。當然還有中國的文化大革命，這三個歷史傷痕，相同之處是當時並沒有足夠的雪花覺得自己有責任。

你還記得電影《紫色姊妹花》裡那片紫色花海嗎？太陽把它們照得銀光閃閃的，有一對黑人姊妹在裡面嬉鬧，玩著猜拳，這一切看起來是再美好不過的日子。直到其中一個女孩西麗走出來，你才發現不足十歲的她已經懷孕。漸漸的，你才發現那不是她的第一胎，甚至懷的是她父親強暴亂倫的骨肉。這時你才知道真正被命運輾壓過的人，是連悲傷的時間與權利都沒有的，因她也無從思索所謂的人生該是如何樣貌，因這樣的念頭太痛苦，於是人生理所當然就像是混著砂石一樣，包著你的骨血，那麼痛、那麼茫然，卻無窮無盡。

這部電影時空設定在黑奴被解放後，但長達近兩世紀的種族打壓，讓他們在社會階級裡難以翻身，社會問題因此接踵而至。

《紫色姐妹花》在八〇年代重新引起了許多影迷的關注，但曾讓人視線無法轉移的是《黑奴籲天錄》。那早在我還沒出生之前的一九〇三年電影，一直隨著

《汪洋中的一條船》、《南海血淚》之類的讀物與影片出現在我們這一代孩童面前。那時空，似乎一點也不怕孩童看到人生的殘酷面，雖然部分作品要我們站對所謂的立場，但當時我們的確順帶囫圇吞棗地看了一堆如今大人可能不允許的血淚書。儘管可能是偽紀錄，但也訓練了你我好奇當中主人翁在極惡裡，仍能看到一絲希望的能力從何而來。

「昆塔啊，你要你的名字記進你心裡，就算沒人這樣叫你沒關係，你要記得在你故鄉下過的雨、吹過的風都記得你叫昆塔·肯特，就算你不能說出你的真名，但你的故鄉會記得。」這台詞出自於二〇一六年再度翻拍的影集《根》，主角昆塔·肯特被人口販子從故鄉綁到美國作黑奴，因不肯放棄自己原始的真名，被皮鞭抽打，直到放棄。因為他們被視為主人飼養的牲口，只有主人可以重新命名，若一旦接受了主人給的名字，等於抹煞了自己的故鄉與身為人的認知。正如劇中人口販子張口閉口所說的：「奴隸不是買賣來的，奴隸是被打出來的。」但對昆塔來說，則是謹記著他爸媽所說：「你的名字是你的靈魂。」沒有名字，就等於失去作為一個人的價值。

這是把人奴化的第一步，失去姓名是失去作為一個人的條件。集中營管理猶太人也是摘除他的名字，只剩下編號，人長久失去了名字，也將終究放棄了所有基本權利的認知。那一剎那，在他人眼中瞬間成了牛馬，而他人旁觀的罪惡感也能得以免除，接力任由惡的發生。

那群蓄奴者當時可能不知道自己做的是壞事，當時長達五十年，連多數的美國總統也是奴隸主，因為行之多年，許多人不覺得那是惡。

二〇〇七年電影《奇異恩典》的開頭，議員威伯福斯在大雨滂沱的路上看到兩個馬伕兇殘地鞭打累到倒地的馬，當時身體欠佳的他下車勸說，因而之後催生出「禁止虐待動物法案」。而那部電影其實在講運送黑奴的船長約翰·牛頓的懺悔，以及與威伯福斯互動催生廢奴法案，這都是一連串改變的開始而已。人類習慣以開發之名，對其他物種施以滅絕的不尊重，政治人物如果巧妙地將人們洗腦為黑人只是動物，人的良知在經濟前提下，往往可以如釋重負地放下，只是需要一個藉口。於是，人怎麼對待動物，有一天他就有可能怎麼對待人。

每個國家都有它血腥的歷史，以進步之名，沒人敢將道德擋在前面。在林肯總統之前也曾有多位總統提到黑奴解放問題，但都臨時剎車，或就算即位後，連自家的黑奴都不敢解放。美國當時棉花業興盛，造就了很多暴發戶，也是當時美國的命脈，這些巨賈一聽到黑奴解放，就喊著要脫離聯邦，幾大洲醞釀獨立建國。踩在這神經線上，人們雖然有質疑，整體也都變得鴉雀無聲。

諷刺的是，如今全球化浪潮，第三世界國家的勞工被奴隸化，來製造大量的廉價成衣、咖啡、鑽石等比比皆是，當今的我們除了慶幸自己並非第三世界百姓，又何嘗不是鴉雀無聲？

老實說，黑奴之於美國，如同納粹之惡之於德國，都是永久的負罪感，但納粹問題不同於黑奴在電影中的樣板化，因此更深植人心。近代的黑奴片往往只能用單一形式表達，人物也跟著樣板化，使得美國始終沒有真正面對出現過的黑奴共業。

為什麼？即便黑奴電影有九七年的《勇者無懼》、二〇一四年的《自由之心》企圖以平易近人的技巧，讓觀眾不致如坐針氈，但影界對黑奴這題材仍感燙手，直到電影《黑豹》以超級英雄片之姿一吐怒氣，尊重了他們有不同的文化與脈絡。

多年不能面對的原因是美國身為一個經濟進步體的象徵，一個全世界認同且追隨的商業價值，大於它貌似堂堂的獨立宣言。經濟上的驅逐邊緣的少數，成為目前經濟發展的常態，追索黑奴的故事，同樣也追索了我們失控的追逐。

然「黑奴」的陰影並沒有消失在人類歷史上，它不只是人權，而是因為經濟戰中的悲劇。今日新的經濟戰開始，誰奴隸了誰，哪國被奴化了，人們仍是沉默的，未來主宰的「漢尼拔」是誰都不知道，是企業體還是與哪些政府的合體，一如百年以前的鴉雀無聲。

關於「奴隸」，我們始終怕變成他們，大於真正省思過這個現象。我們不敢回頭，是知道「歷史」就在身後。

輯四
貧瘠中各自妖異：試圖衝破階級的那些人

一個叫「香港」的女生，
與她風華絕代的青春

多慶幸曾經歷有張國榮與梅艷芳的時代，
看著他們光輝榮耀、
看著他們藉著風情來表達萬種不服，
那兩人是香港的骨子、香港的靈魂。

見證過八〇年代香港長達十年的風華萬千，你就知道那看似冷掉的舞台不會真的被撤下，因為哪裡都不會再有另一個張國榮與梅艷芳。他們是香港的骨子與香港的魂，一個如天人，一個如土地般的存在，打不死的香港精神！最美的通常是掙脫於貧瘠的命運，香港這女人踩著自己殖民的宿命，百變於她的生存意志，香港的演藝圈不單是產業，而是他們的託身。

那裡曾經歌舞昇平，年輕人穿著比畫報上模特兒還流行的衣服，新的舊的各自盎然，那真是個出落如美女樣的城市，強悍又驕傲的腰桿挺直。九七年回歸時，你看著他們電影《去年煙花特別多》，只覺得那原本彷似灰姑娘誤進了好人家的章節，回歸後是否要走進故事的另一篇章？但鑲鑽的高跟鞋估計會被暫時脫下，我們暗自揣測這被叫東方之珠的「女孩」之後要換上什麼樣的平底鞋子？但當下沒有想特別多，因為「馬照跑、舞照跳」的回音還在，時代自會拖著如我們牛馬似的走一程才醒。

但張國榮的死不同，那是某個「好時光」就此不回眸了。張國榮死的二〇〇三年，香港還是美的，只是曾衝上了天的演藝產業大幅衰退、股災連連、房市重挫，人們對未來有點徬徨，聽講起「港星」，亞洲群眾不再眼睛發光。之前二〇〇二年電影《金雞》以一特種行業女郎的精明眼目，看盡浮沉興衰，既好笑又蒼涼，當時人們還在盡可能自嘲著，伴著麻將聲囫圇安眠。隔年，人們稱的「哥哥」張國榮墜樓死亡，彷彿有雙手一把拉下那光輝的舞台簾幕，從此繁華落盡。

如果「香港」真如世界眾人所形容，是個明珠般女子之城，那「哥哥」張國榮則曾是她頭上最美的那個冠冕。他每個下腰、每個回眸、每個明著不說的情感翻騰，都拖著餘韻。他是身段極美的、是雌雄莫辨的，他有清冷也有媚態，他在青春最壯盛時就訴說著凋零，彷彿天性使然的花開與謝；你從此知道他有股仙氣，抹上再濃的胭脂，即使在銀幕上哭花了，這世界都無法染指他所有經手過的角色。因為太過純粹，你見識了那傾倒眾生的是什麼魅力，也見識了一代名角的誕生與殞落。

同被視為香港傳奇的梅艷芳在同年年底死去，意義又是不同。她一向如香港鐵打的生存意志，從小歌女到一人就是舞台的強大魅影，那股生命意志，彷彿香港的魂，在卑微的處境有她的傲骨與自信。她死了，就花化為水土般堅韌，香港那一縷香魂不是絕美，但有頑強的女性意志，梅艷芳幾乎是她的影子。

那個像天人一樣的，還是土地一樣頑強的人都走了。只有香港才能生出這樣的藝人。彈丸之地，生存沒什麼好囉嗦，於是他們的姿態都是打滾的，沾了眾人的營生氣息，成了香港人曾被最小化的最大出口。

若你曾經過八〇年代，就很難忽略當時五光十色的香港熱潮，彷佛目睹了流金歲月，因其存在感太過強烈了。難忘那些曾卯足全力在寸土寸金的競爭中，舞台上開出大片燎原花火的演出，包括四大天王，都是一股生存意志。

「顛倒眾生、吹灰不費，收你做我的迷。」張國榮與梅艷芳曾一起在舞台上這樣唱著〈芳華絕代〉，沒想到那「收」也將我們自偽善的禮教方陣給中「放」出來，我們等著在台下被全然的他們收服。

八〇年代初，這兩個人像來造反似的，顛倒眾生，讓我們的感官紛紛投了降。那是把我們眼目都關起來長大的時代，然而感官一旦被攻陷，整個心才就此飛了起來。梅艷芳如平地雷般紅的年代，是一九八四年，我高中的時候。她不是香港最美的女星，男孩們記掛的是翁美玲，另一批女孩追尋著菊池桃子，那些溫潤芳香的美，她們笑起來一甜，彷佛歲月就灑點糖霜，好過一些。

但梅艷芳卻迷倒了我們台灣這些女校的學生們，還有一票不甘被教官束縛的男孩們。那時是解嚴前後，叛逆都不能言說的時代，只能拿裙子長短與褲子修改來做點出氣抵抗，但一首〈壞女孩〉見她一身披掛著異國氣味，褲腳一跨的稱王廢后。「怎麼這麼敢啊？」她敢詮釋自己身體的霸氣，在亞洲歌壇極為罕見。當你無法被人定義美或醜時，你就自由了。見她豁出去的花紅柳綠都任性畫上了臉，歌聲氣味異常挑釁又澎湃深情，打破女孩非清純即妖豔的兩極。

梅艷芳好似從異次元來的女孩救星，打翻了調色盤、錯亂所有配搭規矩，成為非討好他人而打扮的華語第一人。以服裝造型創造出全新審美的霸道自信，我們迷惑且嚮往，終於可以翻轉與改寫自己的身體符號。梅艷芳成就了當年女生的革命，在那骨子裡仍封建保守的香港，生出一朵妖花來。

那不甘平凡的香氣太過濃郁了，在那拔尖金亮的上環世界，我當時常讀著香港作家亦舒的小說，亦舒總冷眼看上環經濟裡有吃人的野蠻。筆下粉嫩女孩們精學刁鑽，人的情感順手秤斤兩，換把蔥都不值的蒼涼。轉頭又見這梅艷芳演了《胭脂扣》，她是戲中名妓，與張國榮飾演的十二少纏綿話終身，十二少終究負了她，名妓那抹必須的淡然跟台灣苦旦被負時的自溺演出大不同，梅艷芳的名妓是任著再深的情，就這把身子像被吃乾了一樣安靜著，台灣旦角總演為自己不值，但她的角色是如此淡漠於世態，習慣命運的磨損。

從此愛上了香港冷水幽幽的世界。人鐵著心要活要鑽營，又壓抑著那深不見底的情感。試問誰會給你熱鬧又溫情的人間呢？只有台灣戲劇主角能以自我為中心，哭到人煩膩，香港戲劇中主角的命運是任誰都是配角人生，只夠配飯吃的溫度。

於是那冷底子會生豔紅。香港當時藝人美得猖狂，你看張國榮是種支著頭，老情調混著前衛裝扮的美，演什麼自有股風雅，彷佛生錯了日子，走錯了時空，他的美在於顯出了周遭的混亂。那為營生是問的國際大港城市，因這人的纖細矜貴之美，反顯出地方本質窮山惡水的求生力道。周遭庸碌浮生都妄動了起來，唯獨他從《倩女幽魂》、《阿飛正傳》中走出，讓再匆忙的香港都為他駐足，那感性演出足以壓住了時間，成了一種安魂的夢境之美。

這就是百年一遇的藝人氣質了，那時除了他，還有早逝的創作才子陳百強，兩人都長得好看，演與歌都自有一股閒定之氣，演繹情緒都如蟬翼細微入神，那兩人真有著大戶人家的氣蘊。

當時香港紅男綠女，吃足了生活煙火，於是在電影《阿飛正傳》中，張國榮演著旭仔對鏡獨舞與攬鏡自梳的戲，是生不安穩、充滿孤獨與自嘲的美麗男孩。

而《胭脂扣》被家族綁死靈魂的憔悴、《東邪西毒》對人生荒誕不羈的諷刺，他的戲不張狂，一點點洩漏，從身形、動作、眼神，鋪天蓋地讓你也活進那氣氛裡，那人人要強、金錢發燒的八〇年代，他這樣一種積極的頹靡氣味，簡直美得生苔，在那些相連到天邊的高級大樓裡，你因此有了喘息。

香港藝人懂得演人生如三寶飯的民生滋味，無論是周星馳，還是梁朝偉、劉德華，即使成了國際巨星，一開鏡，仍是活在快餐車上的歹命。香港訓練班磨人傲氣，誰都知道際遇輾人，有油煙味的小人物最不好演，那細節沒有歷練演不來，但他們隨時都準備好，至少我在港星熱潮時看到的是如此，幾乎都有練家子的功力。平常為雜誌拍照，除雜誌社準備好服裝外，他們會自備一大箱當季服飾搭配備用，像是武器一整排上膛一樣，立時裝配出一個時尚藝人的模樣。你看那精準，對時尚不是迷戀，而是知道藝人本身就是個蒙太奇，必須隨時組裝上線，與我們演藝圈跟著嗅聞時尚走全然不同。

他們是精於生存，於是時尚為其所用，而非由時尚帶出風向；港星的紅勘舞台總是有高度又精采就是這原因。時尚是因人而異的行動藝術，因此他們的台子征服人心，他們能駕馭所有拼貼在身上的各種道具。

更遑論是梅艷芳與張國榮。舞台是他們的國度，歌迷入境，張國榮當年細著腰隻、足蹬高跟鞋唱歌，而梅艷芳則搗亂所有衣櫃思考，讓閨女與浪女的元素混搭於一身，所有身分與標籤在他們身上全被搞亂，衝破了性別思維。更可喜的是，他們在演出上更像個赤子，連年齡這扇大門都被霸氣踢開，沒有界線的自由，從他們身上完整實現。

從八〇年代到九〇年代，我們歌迷曾以為日後真的可以跟著他們這樣自由著，身體可以是個語彙，誰也無法一眼辨識我們。然而那樣的美，也會隨著物換星移而變遷，後來我們長大之後才發現，那是個文化。當張國榮演《霸王別姬》時，誰也無法否認他演的程蝶衣是個藝術成就，不僅呈現了角色的悲劇，亦成就了悲劇本身的美。生命的憔悴、無窮盡的問號，他將角色中的「我是誰？我要追尋什麼？我在這亂世中能擁有的存在是什麼？」一一盡託出，角色如此立體，是因為靈魂也被提煉出來了質問他人的人生。

一個好的演出，彷彿雨落入乾涸的田，那角色從此活進觀眾裡，完成了悲劇的藝術價值。

而梅艷芳最後的舞台演出，她穿著新嫁衣般的禮服，是自身期望，也是對這世界最後微笑的祝福。

香港是什麼？近年香港電影都說了。無論是《殭屍》、《踏血尋梅》，還是《失眠》，無論被殖民多少年，無論命運多不由己，那最強大的生命力還在那裡。她不像台灣多年尚能僥倖偏安於一角，她的命運是向她直著來的，就算意志曾被輾碎，但這兩年香港電影還是振作了起來，就算七零八落的就是要讓你記得這是只有香港人拍得出的傲骨。

多慶幸曾經歷有張國榮與梅艷芳的時代，看著他們光輝榮耀、看著他們藉著風情來表達萬種不服，也看著他們不會消失，那兩人是香港的骨子、香港的靈魂，好或壞都穿著鋼鐵與錦繡，處處是舞台，你有自由與尊嚴的可能。

「收你做我的迷。」這不是玩笑話，我始終認定了你們。

解構椎名林檎的
魍魎美學

看似冷漠的煙視媚行，
卻撕裂靈魂般唱著。
那人類欲望的亮面與暗面都被她唱出來，
一席和服下既是人世又是幽冥鬼蜮。

張愛玲的名句：「生命是一襲華美的袍，爬滿了蚤子。」，椎名林檎的音樂正是如此，她把一席華麗的袍子披上，讓你看透那些人生的蚤子，如此美麗在如此的醜怪之上，正是日本流行文化中最迷人的精神。

椎名林檎寫的詞，即使再美也是鋒利的。如刀般揮向衣錦緞布，即使詞曲如此耽溺於肉體與霓虹的歡愉，也是流洩出空虛寂寥的汁液。這樣像以高跟鞋踩弄著都市邊陲爛泥的感官寫作，是從哪裡來的魅力，可以讓我們持續聽得入癮？

她之前在台北的演唱會，如同一場地下嘉年華，來自八方的樂迷穿著護士裝、日本浴衣、天使裝，以及如怪談中日本鄉鎮走卒的妝扮，人們穿越時空傾巢而出，讓內心妖魔與天使纏鬥且纏綿。隨著她的歌聲，彷彿我們那晚真有不振作的自由，真能因抖擻假象讓心中爛泥滔滔湧出。為何漢字在她的詮釋，如同解開了咒語，嗤咬掉文明，如冷滑蛇蟒，穿堂入室而來？

九〇年代，無論歐美還是日本都出現很多傑出的創作女歌手。寫世態如針尖般銳利，但進入二十一世紀後，能擁有強大影響力的不多。椎名林檎這九〇年代女歌手至今都沒有過氣的問題，仍是掌管一方的霸主。她的漢字歌詞寫作不是在寫人界，也非天堂與地獄，而是在幽冥之河飄盪。她如同擺渡人，透視都市人欲望滿載後，皆有的殘妝憔悴，化為一點欲念之火，在夜間的歌舞伎町流竄著。因此日本媒體曾將她作品的美與芥川龍之介、三島由紀夫相比，文字形式雖不同，但筆鋒一刀劃下，照樣從靈魂膿流出各種面具與表情。

在日本文壇中，一直流行著怪談寫作，如太宰治、宮部美幸等，以及之前紅透台灣的《陰陽師》系列、京極夏彥的《百鬼夜行》等。那種蔭涼流麗的文字，一直在日本暢銷，跟椎名音樂骨子裡迴盪的殘響一樣，背景是華麗的弦樂，夜總會的光影與布局，舞台上喧嘩與殘敗並置的藝術設計，加上椎名穿著和服拿著電吉他表演，如降妖除魔般激越演唱著。台下觀眾雖置身於城市，但又恍然進入《陰陽師》安倍晴明的庭園。時空頓時交雜，她用高跟鞋的氣勢一腳踹開人們的潘朵拉盒子，在單曲〈至上的人生〉唱著：「我們什麼都有，也什麼都沒有。」

此外單曲〈莖〉中的歌詞亦寫道：「這甜美的鐵線蓮啊，讓它開花，並為它塗上大膽的顏色。瞬間，事物垂敗凋零，歸於寂靜，為什麼這一切讓人感到悲傷惆悵呢……夢境就是現實。」那看似冷漠的煙視媚行，卻撕裂靈魂般唱著。正如她的藝名林檎（蘋果），那人類欲望的亮面與暗面都被她唱出來，一絲不掛地赤條條現形，彷彿被安倍晴明點化過，不再鼓譟著萬物悲鳴不已。椎名音樂厲害在連細節都不放過，那些關於風聲、遠方大鼓與小蟲的撕咬想像，都被編寫進樂譜裡，給了你城市之外的另一個完整野蠻生態。

因此日本怪談文化百年不墜的原因也在此，深植於我們人的歷史基因。火光愈強的地方，人們愈害怕自己身後的暗處。於是一群人不停地趨光，即使知道自己將盲目之餘亦無法自拔，與椎名林檎穿越時空的都會描寫一樣，這地小人稠的人心曠野，在聚光的後面，總懷疑有什麼陰影在舞動著，有什麼餘溫仍在嘆息，有什麼人是被遺忘的。若你看過電影《腦筋急轉彎》，對那關著古怪小丑的密室應該不陌生。那些被剔除在核心記憶之外，以及被關在密室裡的記憶並沒有完全消失。奇特的是，她排山倒海地唱著那些內心醜怪卑微的願望，竟然也溫暖地撿起了如紙漂的你我。

若想寫怪談，文字造詣通常不低，因為你要寫進惡土下的怨念，也要寫出百花齊放下的冷漠，以及自己小奸小惡的細微訊息。漢字之美，通常就在這最蔭涼處煉金，這或許是為何椎名喜用漢字寫歌的原因，終究文字本身就有力量，無論是句咒語，還是首詩，筆筆劃劃都是我們逃不掉的點點面面——心頭停不了的振翅聲。

幾朵貧瘠中的妖異，
讓我識得自由

將教條以蛇蟒纏緊，
並一口吃了它的霸氣，
是音樂才能給的。

現在回想起來，音樂從來都是我人生課堂上的老師。無論七〇年代歌手 David Bowie、八〇年代的 Prince，還是九〇年代的 Pet Shop Boys，人們視其為洪水猛獸，我們樂迷卻以他們來識得彼此。從此即便天寒地凍，我們也不至海角天涯。

記得我小學五年級時，有些女同學因為初次月事還沒來而焦慮，誰無法上體育課變成一種被神翻牌的跨界點。班上隱隱開始的賀爾蒙浮動，如動物頻道中第一波春雨前，牛群要隨集體遷移的微微亢奮與不安。同學們開始假想自己的未來樣貌，參考雜誌上的髮型與減肥、社交群組的特色與偶像，隨著初潮將至，像個起跑點，人們開始本能性地找尋自己的座標。

不難發現，那時候起性別成了一個關鍵思維。不同性別在社會期待中，對幸福的想像開始截然不同，男女版塊分向游移，一刀劃過。那中性的人呢？性別與其附屬的幸福定義，真的可以那麼立即清楚且完全向社會繳械嗎？

在我剛上小學的年代，未識男女的懵懂之際，哥哥瘋狂著迷著 John Travolta 主演的《週末狂熱》，雖是部把妹片，但屈伏塔一臉濃妝的形象，在 Bee Gees 跨越性別拔尖音域〈Stayin' Alive〉一曲中，John 腰臀如無骨般搖曳，當年即騷到風華絕代，眾女星望塵莫及。

他在我記憶的疆域裡硬生生地打破性別美學，似女像男的表演，像是投奔自由般，我那被放生的想像再也回不去框架裡。

我成長的八〇年代是個極有趣的年代。新浪潮搖滾 New Wave 引領著流行，幾個知名樂團像 Culture Club、Duran Duran、Human League，受著七〇年代華麗搖滾的影響，美麗的英倫男孩們如孔雀，以為森羅殿守門般的豔紅，無表情唱著蒼白青春；那景氣正要高飛的年代，滿地都是機會，只要高學歷男女穿好性別標籤的西裝或套裝上職場殺戮，華爾街是人間信奉的聖經，整個時代都聽得到錢滾錢的拉霸聲響。

不同於七〇年代的放逐與革命，八〇紅男扮綠女歌舞著紙醉金迷，冷冷地反抗著「失敗」這被當成可恥的時代身影。當時多元性別更是不由分說，將身體的裝扮放逐在「成功」邏輯之外，結果盛行一時的 New Wave 反諷逐漸流於形式而退燒。唯有靈騷又前衛的歌手 Prince 如同橫空出世的魔王般，混著足踏高跟鞋狠狠踩在當年衛道人士的神經上，以 Motown 曲風的靈騷嗓音加上放克深深地落腳在歷史上，給了當時僵化社會一個震撼教育。

他的吉他心碎又剽悍，他的舞蹈跳盡兩性極致。

然而他的成就不只是外貌的叛變，而是根本性連根拔起那些專制的腐敗。這不是在指性別二元論，而是針對價值觀被綁架的質疑。他的華麗是非常草根的，衝突到近乎俗豔，他的歌曲有強烈性暗示，如直探你閨房的私密，歌聲如純蜜挑逗同時又嘶吼文明；以刻意的粗魯，釋放資本巨獸下那無處可逃的細膩。

當時美國正沉醉在霸權喜悅裡，人們不太容許這麼掃興的聲音。所以他並不是從主流唱片崛起，而是從Night Club建立口碑，他的吉他彈得如此心碎又強悍，有著歌手Jimi Hendrix一撥弦即背對世界、獨自祭天的孤傲。

Prince的舞蹈融合了Motown與百老匯的戲劇張力，男孩身型叛動定義，簡直如水蛇一般冰冷光溜，無解於欲望裡。他的〈When Doves Cry〉唱著：「或許我像我爸，總是魯莽，或許你像我媽媽，總是挑剔不滿足……但你就這樣讓我獨自面對冰冷世間。」他像個孤兒一樣，他的兩張搖滾經典專輯《1999》、《Purple Rain》跟世界如此疏離的黏稠，每首欲念都像在切割一樣決絕。

在那年代，我有些男同學開始在偷偷學他的舞蹈，在學校的小劇場裡步步生花；不能明說的，讓身體來明志。

七〇年代的 David Bowie，以雌雄同體的太空樂手形象，引發了多元性別思考；八〇年代的 Prince，對於定格於階級與兩性幸福的美國夢，有著無主孤寒的控訴；到九〇年代的 Pet Shop Boys，以電音冰火交織地戳穿偽善事實，他們都是當時富爭議性的名人，但卻翻轉了整個世代。他們的舞台如此華麗，但他們走過之處都面對了多數決的排他，於是帶我們一路行經他人的繁花似錦，敢在教條裡披荊斬棘而行。

許多人曾視他們為妖花，但我們因此嗅到一線生機。無論是通往天堂還是冥府，誰都知道，在身體的修羅場域，這是一絲天光的慈悲。

給永遠無法死透的
Kurt Cobain！

我們曾有一個美麗的青春象徵——
Kurt Cobain，
他的死，
像當時社會直接打了我們兩巴掌。

那時候，美麗的人還像住在電視機裡一樣，電視一打開，你看他們實現你的心願，活得像頭美麗的野獸。那野生美洲豹的姿態，讓妳這個留著西瓜皮，裙子規定必須膝蓋以下一公分的女學生，看著活在離自己世界很遙遠的人類，聽著他們唱著各種在學校裡嚴禁的想法與語言。而妳幾乎難以言喻，那些禮拜六的下午守著他們的MV，禮拜天聽著他們的告示牌排行榜，想像著各種自由的可能。

那時候電視上還不流行野人自曝，每個年輕人都像當年的披頭四，珍惜著他們發聲的機會。你看到寵物店男孩那樣諷諭人性的僧人打扮、看著喬治麥可肢體與歌聲纏繞情思的百變、看著瑪丹娜打扮成瑪麗皇后與夢露揭穿敗德與禮教的一線間。當然你不會忘記八〇年代Grunge油漬搖滾風行時，那與繁華世道相反的Nirvana樂團主唱Kurt Cobain。樂風本身的不馴、姿態的不服從，不修邊幅地淡漠唱著那些隱藏的憤怒與壓抑。

本島上被軍訓等教條閹割的青春，不能宣之於口的叛逆，都在那些MV裡的狂躁與美麗、嘲諷與嘶啞中獲得緩解。你多麼希望他們那樣的青春可以成為你的武器，大聲嘶喊出來，不要只藉由司迪麥口香糖的那句名言「我有話要講」、不要只藉著楊德昌拍出了建中真實少年殺人事件而感嘆、不要只聽說美國有一個申請上名校的學生死在阿拉斯加荒野，而苦思著他是否也無法跟隨著中產教條的問題。

當時我們流行的是影集《飛越比佛利》，細細描述好萊塢富二代如何生活，更小時流行的是影集《朱門恩怨》貴婦咒毒的咆哮，每日聽聞證卷行有多少人潮與熱潮。我們曾渴望像Kurt Cobain，穿著皺皺白T恤、腳穿沒洗乾淨的帆布鞋，像個野生的獸被放出來唱著歌；也將我們從日常放出來，把我們從「差一分打一下」的升學世界放出來，從日光燈下一排坐二十人的雞籠補習班放出來……那擁有天之驕子美貌的Kurt Cobain，是否更象徵一個不可能實現的青春？

在我們都變得庸俗之前，我們因他的存在思考著人生是否有其他可能性。當然沒想到他轟然死於二十七歲，封存了九〇年代年輕人的幻想，而這群當初聽著Cobain音樂長大的人，到了現在也逐漸成為茫然的中年。美國金融海嘯之後，走向中老年的這群樂迷，看到了經濟變成一張森然的臉、高失業潮的來臨。我們甚至至老來也無法庸俗與拜金。

如果要問你：你要死時是個庸俗富裕的胖子？還是像頭美麗憤怒的野獸？（當然，美麗是我掰的，沒人能死得多美麗），相信很多人都跟我一樣選擇前者，因為搖滾是頭「悶騷」的野獸，搖滾迷們成年後多數變成沉默中年。也因如此，Kurt Cobain 沒有死透的命，他像個神主牌仍可以美化我們青春期時那些沒有名目的哀愁憤怒，作為我們人生勇敢過的紀念。

聽他的歌長大的人，曾把他當成青春的神樣與代表。到現在他的照片仍然會被高掛在某些文青咖啡廳，我們那時不知道把他當青春的樣本是多殘忍的事。當「青春」被無限上綱，被吹捧成高價商品時，「青春」就會來反噬你，把那些代言人吃得一滴不剩，這就是 Kurt Cobin 的悲劇，也可以對照出將人神化的殘忍；他們希望自己的偶像繼續耍賴，不要像自己認份地長大。

樂迷都記得 Nirvana 樂團在九〇年代搞出的轟烈。一張名為《NeverMind》的專輯將 Grunge 樂風捧上了天，混著藥物、死亡氣味與混亂演出了九〇年代最瘋狂的反動。一九九四年，Cobain 在自宅被發現舉槍身亡，他的人生與其音樂一樣，在一陣陣近乎崩裂出血的叫囂狂飆後，突然戛然而止。

當時美國電台幾乎歇斯底里地二十四小時播 Nirvana 的歌，宛如青少年的「國喪」。名導葛斯范桑為他拍的《Last Days》那部電影可沒那麼高潮，他企圖還原一個被神樣人的真實，不斷運用影像的翻轉與重疊，來模擬 Cobain 大腦因藥物產生的時空扭曲幻覺。對白寥寥可數，主角在鏡頭前完全地被徹底孤立，沒有什麼搖滾熱血，也沒有英雄主義，只有逐漸下台的背影。

曾與 Nirvana 齊名的是珍珠果醬樂團，是 Grunge 搖滾的另一大團。主唱 Eddie Vedder 也是個自言被音樂拯救的慘白青年，這點在他為電影《阿拉斯加之死》配樂譜寫的〈Guaranteed〉歌詞中表露無疑：「每個我在路上遇到的人，都活在他們花錢買下的牢籠中……我會像個衛星，永不停止追尋，我知道世上所有的規則，只是規則不適合我。」他至今仍是一身方格衫與粗布鞋，帶著我們不放棄追問的一同老去。

曾經聽到很多人會問：「如果 Kurt Cobain 還活著，會是怎樣不同的未來？」人們似乎怕他也跟其他腦滿腸肥的巨星一樣，因為 Cobain 不同，他代表一個時代的終結，像是「青春」的本身。在他之後，反拜金的 Grunge 風潮開始沒落，世道也更擁抱世俗。Cobain 那一槍打出一個分水嶺，那一代年輕人的憂愁與躁動開始噤聲，他的悲傷太濃烈嗆人，直接控訴生命徒勞的本質，濃烈到無人敢接班，深怕也錯殺了自己。

他在二十七歲的死，讓人知道人生沒那麼浪漫，敢反問的就要有找到答案的決心。這是一種接力，在我們心底埋了種子，讓我們不停地問、不停地找不適應社會的自己還可以突破什麼。就像他當初提到自己可以不斷看徐四金的《香水》，總不厭倦，他曾說：「我現在是有錢到隨便就能買下一家店，但只能讓人快樂一下而已，什麼對自己來講才是特別的？」我們裡的誰可以在有限的時間，找到那一件值得我們追求無限的事？Kurt Cobain 的卡關與消逝，讓青春成了一個永恆的考題，我們至今仍試圖回答著他；後來發現，原來這也是愛的一種。

惠妮休斯頓，完美之中的毀滅性

凡人想活在完美裡，
就會開始厭惡自己。

人若想避開那些不愉快的底，那歌聲中的飛鳥是否也只能飛在牆上畫的奼紫嫣紅裡？我們總想像著童子軍的榮耀、唱詩班的純潔、好女孩的甜美。像誰倒了一碗糖漿在那時空。那麼好，好到我們可以模仿天際的彩虹，好到碰壁的歡樂也能加足引擎。

美國啊，你的夢怎麼甜到連傷感都融不下，然後出現一個小公主，她剛好是一個不太黑的黑人。那綁了馬尾的她，如此長春藤校園的圖像。合乎你所需要的，你加持她，以忘記她的方式。公主都如此，凡記得頭銜的就會被遺忘。

「為什麼你們原本如此愛她，到後來卻把她看成一個笑話？」這句話在散場時仍迴盪在我心中，讓我想到片名《永遠愛妳，惠妮》也很像是一句諷刺，固然有愛，但我們愛的到底是什麼樣的她呢？還是只是在我們心中限定的「她」？

那個「她」是歷來好女孩的攪拌體。當時多麼害怕妳走錯一步路，因為記憶中沒有這樣好如標本，卻不走上癲狂的女孩。

電影裡提到八〇年代最重要的兩大巨星，麥可傑克森與惠妮休斯頓，在麥可整形手術失敗，被人無盡譏笑與遭人汙衊的性醜聞後，他仍在惠妮最潦倒無助，瘦到只剩皮包骨時，持續給予她友情的關懷。電影有一段說：「有時麥可只是來陪惠妮，兩個人一句話都沒說，但卻能彼此了解，給對方支柱。」

為何兩個天之驕子，會成為這世上最寂寞的人？

人們曾有多麼愛他們，最後那份「愛」就把他們摔得多重。因為人們對他們的愛是有條件的，除非台上的你是像我心中冀望的那樣，不然馬上從皇座上跌到粉身碎骨。

電影一開始就讓我震撼，在戲院裡剛坐下時，惠妮一身金裝，光燦笑容、充滿歡樂的舞台，後來畫面馬上帶入的是她生長的紐華克區發生黑人與白人警察暴動，接著惠妮的父母拚命賺錢將女兒帶入富裕的社區，接受名媛教育，希望能讓惠妮成為「中產階級」的女兒。

擁有成功條件的人，真能逃離別人的期望？

電影開場就讓人回想到自己印象中「不成功便成仁」的八〇年代，那時社會發條上得緊，一切條件都接近「成功」的惠妮更逃離不了。她等於是全家能晉升為「中產階級」的指標，美貌加上無與倫比的歌聲，如同麥可傑克森父親對於兒子的嚴厲期許，他們都是父母要跨越階級的指望。

電影裡最精湛的一句話是：「黑人在美國要成功，要往文化著手，妳要模仿美國白人的文化，不能再是純然的黑人，於是妳得要有雙重意識。」戲久成真，惠妮既要扮演她家的榮耀，又要面對她是否是迎合白人文化的女歌手。活在別人源源不絕的期許中，努力永遠是不夠的。活在完美裡，對自己的厭惡不會少。

惠妮在一段錄影中吐出真言：「當我是妮比（她小時候的小名）時，我可以隨時呼叫出惠妮（隨即露出啦啦隊長的專業燦笑），但當惠妮想要找回妮比時，卻時常找不到了。」在他人的予取予求下，正如她身旁工作人員說的：「感覺有一個真實的她困在自己身體裡出不去。」

被架空了一樣，惠妮離開不了別人的想望，更何況頭一個想望她的是其母親渴望成名的補償。

熟悉惠妮早期音樂的樂迷，知道她擅長唱至善至美的歌詞，唱福音歌曲起家的她，歌聲有著強大的溫暖與渲染力，可以這麼歡快，如同唱著當時美國的價值一般。雖然她的樂風被批評不是道地的黑人音樂，但當她在伊拉克戰爭爆發時，唱的那首〈星條旗永不落〉的確鼓舞了黑人報效國家的意願。人們說她是「黑人公主」，以為藉由她，種族融合的美國夢實現了，但沒人知道當時她已經出現極度倦怠。

人說八〇年代是夢想起飛的好年代，但讓惠妮無暇也不敢面對自己的真實。最後她躲在一間屋子裡，不開燈的想找回自己，但形容已枯槁。一個女孩，尤其是美麗的，很容易跳進別人渴望妳的漩渦，接著人人從妳身上分點金光（包括她的家人也剝削惠妮），這掏空了她，於是人生如大片玻璃出現碎痕蔓延，終至碎裂為止。

電影的前半段有一幕很真實，前後貫串了整部影片。惠妮問媽媽：「夢中老有東西追我。」母親西西回她說：「那是惡魔在追妳。」當時的惠妮有自信：「我不會被它追到的。」但中年後終於還是被它逮到了「妮比」，這個藏在自己內在的迷路小女孩，想逃避所有罪惡的，終被心魔把躲在暗處的這小女孩抓了出來，從此無力面對所有虛假人生，想要企圖振作時，卻功虧一簣。

這讓人想到庫柏力克導演的《鬼店》，人們只當是驚悚片。但同樣是一個成年人想否定過去傷痛，若無其事的困在人生假象裡，如同出不去的「美景飯店」。惠妮被形象與名氣困住、被家人需索無度困住、被美國夢代言困住、被自己的同志疑雲困住、被幼年性侵史給困住，那迷宮比鬼店的更大更遠，《惠妮》這部紀錄片是部真實的驚悚片。

當時歌唱的男孩們還可以藉音樂諷刺社會，但女生光是一個瑪丹娜的出格叛逆就要承擔多少勇氣。

於是你不忍直視，一個擁有天賦的美麗女孩被當公主一樣被群眾的夢給認養。八〇年代固然繁華，但再美好的人，誰都承受不起去榮耀它，當時無論惠妮還是王妃黛安娜都須承受這樣被託夢般的乖女孩人生而香消玉殞。

女生容易活進魔鏡裡，估量著別人的愛。這時的片名《永遠愛妳，惠妮！》取得巧妙，這份愛多到泡沫化，更顯如今的「惠妮」仍是一組散失的拼圖，人們的愛讓她忘記人可以有不被「愛」的自由。

防彈少年團，年輕人移民的虛擬國度

未來的大數據世界裡，將人虛擬化，
唯有以帳號登入的虛擬國度，
「那裡」相形更真實。

很多年前，村上龍寫過一本《希望之國》，描寫年輕人以暗網串連了自己的「國度」，登錄成為「子民」的人另立一個國家的組織與律法，在虛擬世界互助，脫鉤於他們不認同的大人世界。以現在虛擬世界的一應俱全，對「國度」的認知，可以是種不斷分裂的多重認知。

或許人們不知道，韓國流行團體防彈少年團能取得今日這樣世界性成功，不只是社群與他們提供音樂的庇護與音樂實力，同時也以反抗現實的價值觀架構了一個新的年輕人希望之國，供人們精神移民。

從他們早期音樂到現在，建立了一個完整的世界觀，讓年輕人與他們共同面對這極舊又極新的混亂世界。聽他們的音樂，你就知道年輕人已與上一代分道揚鑣，想走出他們自己的路了。為何席捲般的大紅？正因為他們是這時代的孩子，反映了他們見到興盛背後的殘破，以及必須面對世界翻轉的強悍。

韓國對外是個民族自尊強大的國家，但這為了國家尊嚴什麼都可以犧牲的前提，也造成年輕人的困境。韓國如今成為亞洲「奇蹟」的榮光是建立在他們屈辱的記憶中，也明擺著犧牲了許多人的立基點，全國人民成為一體的無可逃脫。

「贏者全拿」是韓國今日盛世的基礎。大企業旗下所有子公司包辦了人們全面的食衣住行與娛樂，財團緊緊抓住政府咽喉的態勢，是在九〇年代亞洲金融風暴後，韓國頻臨破產時接受大量企業金援的結果。表面上救了韓國，但也從此金權治國。

這是我們之前沒有想像過的，另一種新的專制面貌。人們走在路上的碰撞象徵一體、企業體裡前後輩的森嚴體制。娛樂業的軍隊化管理，都在九七年經濟重摔後，成為全國不能再輸的共識。我還記得當年首爾還是「漢城」時曾受到羞辱，有台灣主辦單位要招待記者去漢城採訪，一名記者直接回說：「去漢城不如去土城。」

這樣的歧視，不同於我們現在看他們描述八〇年代政治困局的《我只是個計程車司機》、《1987：黎明到來的那一天》的熱淚盈眶。國力影響著人們的同情，許多人看完，表示仰慕著韓國當年對民主奮鬥的精神，但其實當時「漢城」是背負著土氣封閉的歧視。以往顯赫的是香港與東京，漢城不在人們想像的範圍之中，因此光州事件曝光後即使死了再多學子，軍事政府如何血腥鎮壓，外界也不驚訝。他們曾是在冷戰時代，被美國介入又被棄置一旁的棋子。以東亞來說，韓國在世界階級上曾是如同亞洲的乞兒地位。因此你也或可理解電影《哭聲》中那孤立無援的小鎮；對日本人的隱約恐懼，是韓國的內在陰影。

一個國家的尊嚴如果在八〇與九〇年代遭到不同層次的踐踏，甚至必須向它歷史宿敵日本求取金援後，便成了不能抹滅的恥辱，讓韓國成為一個表面上民主，其實是個依賴金權的國家。也因此韓國人民階級只分甲方與乙方，甲方是大企業那方的施予者，乙方是難以翻身的被支配者。如韓國樂壇，多半以奴工方式培養男女孩明星團體，傾銷海外、賺取榮耀，海外雖風光，但他們在國內能升級脫離奴工地位的團員，也只有鳳毛麟角而已。

大量年輕奴工策略讓韓國賺取了國際能見度，這在他們職場也是如此。韓劇《未生》有了寫實的描寫，聘僱員工張克萊雖然以能力證明了自己，但直到最後他還是無法轉任正職，他的一句「我不是不努力，但我寧可想成是我不夠努力。」這句獨白，為所有弱勢的乙方做了代言。

很多人以為專制是屬於共產國家，但從沒發現如今箝制全世界的那雙手，早已是經濟上只有甲方與乙方的施與受。甲方丟下多少雨露，乙方無從置喙，韓國只是經濟實驗下的一個縮影。一個曾知名的韓團 SHINee 團員鐘鉉自殺也是另一個縮影，呼應《未生》台詞：「只能想成是自己不夠努力。」但鐘鉉的遺言是：

「對不起，我真的努力過了。」

在這樣的階級國度，你可以想像防彈少年團（BTS）能橫掃千軍的時代意義。

當初催生防彈少年團的老闆房時赫說自己構思這個團時，是在想像建立一個完整Youth的世界觀，讓歌迷入境，這回應了無數乙方的夢想。如果大企業加上國家的奧援，讓員工只能陷入奴工式思考，每個人再怎麼努力都是不夠的，在集體的榮耀下，也如過往的神風特攻隊一樣，個人是沒有意義的，服從在階級下，人人要有身為「零」的覺悟。

但在防彈少年團的國度中，他們提供了歌迷一個有別於零，絕對可以成為「一」的想像。如果是個獨立個體，不用再背負國家榮辱這十字架，可以是什麼樣的想像，防彈少年團給了這個機會。

在防彈少年團之前，沒有人能逃離韓國三大娛樂集團奴工的合約條款。他們是唯一小事務所出來能大紅的，也是唯一沒有自己企業大樓的大團（豪華企業大樓對韓國來說是城邦的象徵），但他們卻是一年賺進九百二十四億韓元的團體，空前攻下世界樂壇。他們一出道就以歌曲〈Not Today〉吐槽自己是死不了的奴工，〈Fire〉以野火之姿反對著一致性的同化、〈Tomorrow〉歌詞中的一句「我模稜兩可的人生，20代的無業遊民真害怕明天」。一首〈春日〉有人指在影射世越號悲劇中白白犧牲的幾百名學生，歌詞無論是否直指世越號，都唱出了這一代對政府的不信任。他們完整地從學校三部曲唱到出社會新鮮人的心情。

不同於其他名人以美國的宣傳機制與名人效應逐漸走紅，防彈是直接在社群中建立起口碑。鮮少上節目，也不依循當地宣傳方式，不唱英文歌，卻累積了大量美國樂迷。十幾年來韓樂滴水穿石般想打進歐美市場，而這兩年，防彈少年團等於做了一個漂亮收割。因為防彈少年團代表的不只是音樂，而是個庇護所，如同岩井俊二電影《青春電幻物語》中年輕人逃往莉莉周的音樂世界，防彈則建立了一套更完整的價值觀，以一抵抗了零。

他們剛走紅時，韓劇《未生》也剛紅，之後檢討貧富不均的「地獄朝鮮」方興未艾，此時防彈少年團建構了保持希望的陪伴。團員中被稱為高智商的「腦男」RM，主導了RAP歌詞，原本想當作家的RM，以字句戳破了南韓迷信的數字假象。

無論是否為操作的成功，防彈少年團未來在時代點上都將是個關鍵字。因為他們打破了現實組織性的認同，打破國度的想像，提供了一個新的自由的可能。

在大數據演算的世界觀中，人將逐漸失去中心思想，現在是第四次工業革命的當下，將壓倒性改變階級，形成新的烏托邦。真正統治人的是大數據的演算，任何「國家」被演算後成為代理執行者，遊戲規則由掌握資料的寡頭改寫。

防彈的紅是時代的眼淚，鋼鐵價值滲出的血，相反於厭世的積極，是無數不放棄的「張克萊」；這抹淡漠的抒情，沒有資格說絕望。厭世是你還有資本，而他們則說明了絕望之下，年輕人有多盼望他們就是那條從天堂降下的蜘蛛絲。

是枝裕和死亡與
重生的日本美學

他總是如此溫柔地講一個失去的故事，
而且第二天仍是該死的晴空萬里；
他不會告訴你一切都會變好，
而是知道你如此堅強又脆弱地活著。

在是枝裕和之前，或許有，或許也沒有，以影像如將一席被薄暖地蓋住現實，鋪在蘊含水分的泥土上。裡面是死亡的枯枝、脫去的蟲殼，以及大量的幼蟲生機勃勃地蠕動。那裡死亡的敗絮如葉片支脈碎成粉狀，讓新綠的幼苗終於長出頭來，帶著腐氣重生，之後卻是以滿滿植被的香氣與花的雖死猶生來迎向夏日。

他的作品，是另一種感官上的盈滿，讓你的思考有了載重量。炙亮的光有它的排他性，在於你與它的距離，誰有優渥可玩賞它，同樣就有誰會被驅逐於他方。

從是枝裕和早期作品《幻之光》、《無人知曉的夏日清晨》，你可能跟我一樣愛上他對光那種無絕對性的詮釋，既可以暖如朝陽，之後也可以回頭刺以百種鋒利。如《無人知曉的夏日清晨》，你與主角那男孩一起失溫於夏豔裡。陽光之於命運的諷刺性，是無處可躲的。如此的陽光普照，你怎麼還能不幸福呢？你怎麼還能讓那些「無人知曉的殘酷」如黑影無限蔓延呢？讓被拋棄的孩子的磨難，直接訴諸於正午陽光下的一點影子，小到不足掛齒，也消融於現實之中。

這樣的力度，直直落袋。

記得《無人知曉的夏日清晨》上映時，那時我因出差，在巴黎的 agnes b 短暫停留，那時法國觀眾對這部片相當喜歡。三層樓的 agnes b 服裝店，樓上是一片雪白藝廊，掛了大約十張《無人知曉的夏日清晨》劇照，主樑上掛的是主角那張質問不解的臉龐放大版，窗口是那張陽台上封存著幾個孩子的歡笑神情，暫時果腹的零食隨色彩散落一地。當時巴黎雖是冬天，但感到那圖片比外面的雪冷冽。因為那層樓間毫無障物，你無法迴避地瑟縮在原地。

《幻之光》中再嫁的寡婦江角真紀子，那在竹簾子後面的江角，陽光是一再進犯的問號，問著她原本看似好好的丈夫為何臥軌？問著自己求生的力氣又從何而來？原本宮本輝的原著就擅長以景物來傳達平靜中的暗湧，是枝裕和的鏡頭溫柔且鋒利地彰顯出女主角無法承受這問號的頻臨崩潰。如果只想著當下的營生，像蟬一樣，是否就能忍受形同呼吸頻率的痛？

那時是枝裕和的光是尾隨的，又是挑釁的，跟作家宮本輝筆下的黃昏與滿天的烏鴉描寫一般。以日常帶出人內心那口水窪，靠的不是台詞，而是更直面的影像語言。

之後是枝裕和這名字在台灣像有魔法一樣，觀眾期盼他的作品，儘管他常以光來表達骨子裡的冷冽。佩服他在《空氣人形》選角裴斗娜的正確，裴斗娜以「一個充氣娃娃」的各種姿態呈現出寂寞，陽台的光影與雜物，又再一次的，是枝裕和以「小說感」鏡頭，講出這「寂物世界」的悲哀。那麼多彩色物品，這麼多蒼白的人生。裴斗娜仿生的演技，無物無我，給了現代文明的空虛一個死亡況味，人生若美到還有憔悴的餘地，算是慈悲的一瞬。

有很多人說是枝裕和的作品以「家」為基準，但讓他更特別的是對現代人寂寞的描寫。如之前所提他對光的運用，是非常具有現代性的。所有光從隙縫、牆角、窗台淹過來似的，不同於西方 Edward Hopper 畫中凝結的人造之光，他鏡頭下日本社會的光是對映著水漬、雜亂，與草草收拾後的工整，等著人心暗湧的會合。他的光是液態的，撲打著人的感官，也在當下脈脈目送。預告已是過去式的俯拾與珍惜，撿起來的都是家裡看似鍋碗瓢盆，或是玩具的回憶；那麼壓抑，推到極限，如海潮無盡拍打的愛。

在寂寞的底蘊下，讓是枝裕和的「家」顯得既日常且特別。像《我的意外爸爸》裡，原本只是抱錯小孩、家境不同，帶出價值觀平行世界，這樣的故事在電影中並不少見，但他敘事方式如此閒常，無論是那自命菁英的父親，還是那無從選擇的佛系家庭，哪一個最適合孩子成長？這菁英父親的掙扎是因社會的標準，讓他曾漠視了小孩是否有更多快樂的選擇？抱錯孩子，挑戰了他的前半生，也挑戰了父愛的極致。

方方面面，不忘訴說的是老中小每代的心事。

《比海還深》那明明就是難解的局，不得志的兒子，逐漸老去的母親，支撐著那「家」的概念與她內心其實脆弱的兒子，一場颱風不大不小，但那個風雨夜晚，留宿老家的兒子與孫子，經由一場閒談，彼此接受了無可避免的失去。

是枝裕和總讓你覺得怎麼能這麼溫柔地講一個失去的故事啊，而且第二天仍是該死的晴空萬里。他不會告訴你一切都會變好，而是允許你如此費力且脆弱地活著。體驗著光是真實的活著，就是一種愛的行為，成就都禁不起耗損，支撐人能呼進呼出的踏實，也只有來自於愛。

《海街日記》故事中不可逆的失去，幾個女兒喪失親人後七零八落的心，或者在海邊，或是櫻樹下，美到滲汁的畫面中，卻還得不到救贖，只能一點點地喚起味覺，好像一天比一天更像活著的堅強。這部電影強大的是，看深看淺都可以，是枝裕和的美學也是這樣，你要耽美可以，但你要體會那成就美的背後無不藏著傷痕也可以。人都是破口了才開出朵朵的鮮豔來，在那之前，都在是枝裕和不淺不深的色溫中，尋找一些確信的證據。那些抽色的美是擱淺了的、滯留的，要從心裡面挖掘才挖出血色的真實。除了嬰兒的啼哭，每個成人真正的眼淚都是波濤洶湧的安靜，都是日日夜夜的清醒。

但真正讓我感到是枝裕和強大的是《第三次殺人》，他不再灑上那朦朧如春陽的朝氣，不再以光暈鋒利你的心，而是筆直地走到人如囚鳥的際遇。人心的難測、自以為的正直，在那森羅的司法與社會階層結構下，一個有前科又底層的人，他存在的本身就已經是原罪了。

這部電影涵蓋了心理學與社會學，役所廣司呼應著所有人對他的拼圖，更進一步說明了你能身為一個好人，是有多少幸運與背景的加持。身為一個結構中的好人又會有多少盲點，才會讓你自認是好人？

這部心理層面的推敲超過一般推理劇的格局，役所廣司同時也刺探了觀眾的盲點。那些「如你所願」般的決定性弱勢，他連自己的詮釋權都沒有，弱勢與貧窮不只是餓肚子，而是他的發話權已被剝奪，早在他成為嫌疑人之前。正因無比諷刺，所以無比慈悲。

這部電影在台灣票房並不好，但在多年之後，必然是一部是枝裕和的經典之作。烏托邦的真相經由一個命案，無所遁形它的共犯結構，無論你是好人還是壞人。

他可以拍得這麼美，也可以行過地獄般地拍出《第三次殺人》，如果日本近代有什麼生與死的藝術，是枝裕和的電影必然是其中之一。無論從日本感官上寓美於敗流處、從卑微之境發現愛的所在、從人性深暗之處看到幽微，他都做到了。像條溪流，深深淺淺的流過各處，以路過每個人不同的生命，告訴你世上有多少人，就有多少愛的方式。

藝術家，無非拾荒於每個人經過之路，再卑微，也能發現其偉大。這是是枝裕和。

輯五
黑暗前的殘響：影像與文字的階級展演

原來可以那麼幸福的卑微著——看日劇《四重奏》

我們都是榮耀同一種價值的祭品，
失去了對成功的想像，
但在此之前，
可否讓我與你相遇？

日子這樣亮閃閃，你看他們在一起練琴如此認真，因彼此的缺陷而珍惜對方地活著。就算穿玩偶道具服被人羞辱仍笑咪咪地完成工作，不是沒羞恥心，而是因為太幸福了啊，四人在一起太幸福了，這麼卑微地擁有幸福，真是太好了吧？

「一聽過你們的演奏，就知道你們沒才華，你們是完美音樂世界的多餘人，就像煙囪中排出的灰煙一樣，為何你們還能堅持下去？請你們告訴我。」

他們組團之後只收到過這麼一封信，讀完後，他們繼續日常生活，討論曲譜、練習、用心烹飪、午睡，準備隔天的演奏會。對所有世道上的殘忍，也不是說沒感覺，但就像午後吹來的灰塵，誰輕拂一下，也就自然散了。

但灰一直來，你總見他們勤拂拭。

四人單獨出去求生時總灰撲撲，幹腰都挺不起來的活，打有機會抬眼時天光已過的工，但那灰撲撲尾隨不進他們暫居的輕井澤家中，那裡閃著不實際的光暈。不同於這世界上的任何地方，是境外之國，以音樂夢想為名保護著，其實是受傷到不行的四顆心。

是已經不能再跟任何人保持信任關係，再有一點盼望的重量就會整個碎落的人生，這樣的四個人因謊言與幾萬元日幣打工費聚在一起。

這齣劇始終在現實炎涼的力道中進行。但奇特的是，四個主角仍像太陽下理毛的貓一樣，伸長了腿，哈欠依然，任由那殘酷像空氣一樣存在。從朝不保夕的零工、無人丟錢的街頭演奏、失婚，到失去與兒子相聚的天倫時光、菁英家中永遠的魯蛇認知、小時候靠她詐騙維生的父親、家暴、為求生偷取戶口等，發生在四個主角身上的悲劇，每一個都可以寫出一齣慘情劇。但他們仍熱切討論炸雞上是否要淋檸檬汁、熱切地暗戀著彼此、珍惜一起去超商買東西的路途、討論誰要丟垃圾、即使告白失敗了也可以不尷尬地生活。

因為沒有什麼事情比他們四個人在一起還要重要。即便必須靠一場充滿羞辱的演唱會，才能讓他們重新在一起，兩個女主角仍願承擔以往的罵名來招攬客人，將自己當媒體的獵奇目標，忍受有人丟東西到台上、不斷有人離席的窘況。

別人看他們以為真實的都是被抹上的標籤，小雀兒童時被爸爸拉去當魔法少女斂財、真紀因被扯上案件，不想家人以受害者身分不斷勒索對方，而購買他人身分偷換人生……這些呈現在外界眼前的部分真實，相對於他們四人原先以謊言來編織的過去，哪一個他們才是真實的？哪個選擇才是不傷人且溫柔的？

有時人生景況是，你必須活在謊言裡，才有可能偷渡點真實進去。因為某些真相太不堪了，講出來也無從收拾殘局，只能塞進遙遠的樹洞，殘響的深處。

因此他們每天數的日子都亮閃閃，沒人計較成就榮辱，珍惜四個人能一起練琴而格外的認真，不是因為他們自認是有前途的音樂家，而是那是他們仍有理由在一起的羈絆。因彼此的缺陷而珍惜對方，就算穿道具服被人嘲笑已成日常，沒有人掉眼淚，這太浪費時間了，四個人能聚在一起就是要好好「生活」啊，就算是根本沒有親屬關係的四個人。

誰都知道哪天就可能失散，那間輕井澤的別墅也只是暫居之地。但已被搞砸了的人生，心都碎碎的，只以自己的碎片，與對方七拼八湊，也為彼此找到了勉強可以稱為一個心的形狀，是屬於四個人共有的拼湊的心。

應該是一點都不幸福的，他們也沒有什麼可期待的幸福。純粹只聽著被叨念怎沒人收垃圾的微笑、看著對方打工完的貓般睡姿，這樣朝不保夕，是可以做這樣庸俗的夢吧？

不是沒羞恥心，是淚眼中只能看到對方，既不是家人、不是愛人，也不是知道自己真相的朋友。但在淚眼中只看到他們，是可以擁有這樣的夢想嗎？原來自己沒有不幸，因為碰到對方太幸運了，像在長達一生的睡眠中，有一宿好夢的回憶，這樣奢侈。

這不僅是多元成家的劇，而是惺惺相惜。在廣大人海中，誰向誰伸出了一雙可靠的手，這樣就可以握著不放了。不管是用愛情、友情等什麼名目都好，請繼續扶住我的搖搖欲墜。

想到韓劇《我的大叔》，劇中兩個階級完全不同，年齡也有差距的人，湊巧扶住了彼此。在這世道紛雜之際，有了終於可以相信什麼了的確據。你不能說是愛情，不能說是哪種關係，這世上的人們如今不是摔跤就了事的，而是沒有重心的都在海上搖晃，誰被發現了自己的傷痕，除了直覺想逃外，也會有一種被忘記了的自己，終於被誰找到的得救。是那樣迎來茱香的黃昏，可以安睡的午夜。

若騙人的面具都不管用了，沒有面具的我，可以在另一個人身邊歇一會兒嗎？什麼關係都不是的信任，太過稀有，蜉蝣人世，如此這般能超越了所有的關係。

《四重奏》是一齣非常美的劇，不是每個人都有才華，也可能被蹉跎了機會。這樣的失敗者，在別人譴責前，早早晚晚先譴責的都是自己。你看他們四人看不到盡頭的窮忙，但這裡有抹光，可能一樣努力都沒有用，但可以幸福一點嗎？原來是可以這樣奢侈的啊，四人超越愛人與家人的存在，在這會被切割關係的殘忍世間，共同活在另一國度，一定是可以這麼奢侈的，請繼續自我催眠般的相信吧。

四重奏（Quartet），二〇一七年於日本TBS電視台上映的連續劇。由知名編劇坂元裕二執筆，松隆子、松田隴平、高橋一生、滿島光主演。劇情講述現實生活破了洞、偶然相遇的四個提琴手，一起組樂團進而在輕井澤小木屋生活。那是獨立於殘酷冷冽人生之外的庇護所，即使各自懷有秘密、生命布滿坑洞與那麼多無能為力的當下，因為這份羈絆，即使達不到所謂夢想，即使生活那麼累、那麼不盡如人意，他們仍得以溫熱彼此，並真真切切地活著。

那些被吸進黑暗前的殘響——
讀《愚行錄》

階級是視野死角，
誰看誰都妄求、誰比誰都自賤。
因為羨慕而產生的聰明，往往都是愚笨的，
這不就是我們身處的當代嗎？

你看啊，那裡有個黑暗之處，彷彿有人把芥川龍之介寫《地獄圖》的冷墨打翻了，暈了開來，一朵一朵的，吸滿了水分，正要像吃人一樣，把有欲望的人生嚼進那骨血裡。不一會兒，就吃得飽飽的，他筆下的「地獄圖」再度活生生的，他畫中的閨女依然又紅豔飽滿了。

這是我讀完《愚行錄》的感想，管他六月天赤頭多熱，那墨漬未乾的冷冽正還是吸著人的貪婪。一時之間還有成打的人要進入那被種種愚行吸乾的暢快，如同寓千百個孿生子於一胎中。

如果能夠愚昧得痛快一點，誰要過得這麼硬頸地孤芳自賞？你知道階級社會遠看像什麼嗎？來，我們想像一下吧，那是個鷹架滿布的地方，如同山崖般陡峭，自有人懸掛著，你看那一個接一個的，攀著那鷹架，有人發出用力的悶哼聲、有人既痛楚又忍不住喜悅地回望下面的人海，當然也有人被踩在誰腳下，但因為那動彈不得，久了竟然也黏著在一起，成為一個不得分離的生命共同體。

這樣一胞又多胞的附著在階級鋼架上。原本就生為在最上面的人，輕輕踹了一腳，也就掉了一堆人，不好玩啊！因分不清誰壓到誰了，誰又擠上了誰，總是看膩就走，於是下面的他們同時望向一個看似友善的女孩，紛紛伸出了手，說：

「請把我拉上去吧！」在上面的那如花似玉、笑容可掬的女孩忍不住信手玩弄了起來，拉了他們一下，又忍不住鬆手讓他們直直落，啊！這麼好玩啊？這美麗女孩叫夏原，搪瓷做的般人見人愛。

後來成為人婦的夏原，全家人突然被殺了，你覺得誰是兇手？於是有人訪問了那還在階級上正苦撐或作態的人們，那忍不住站在壁崖上專門拉人的天使，是會有誰這麼狠心殺她呢？故事這就開始了，畢竟她是唯一在最高處的邊緣看著你啊！沒人比她更樂於演出「善良」了。

有人撥弄著你求助的欲望，總比都看不到盡頭的往上爬好。是這樣嗎？

那堅守貴族血統的學校，從幼稚園、小學直升大學，就是「內部生」，家庭優渥，孩子一睜眼、一長牙時，識得的就是階級社會，於是這又有什麼大不了的呢？就像冰箱原來就長得上下分格，會軟爛的水果為何要擠上冷凍層？

這樣的學校有種家世血統的直升保證，之後努力讀書考進來的就是「外部生」，那就是沒有家族保障的，只能靠美好外表與優異的鋒芒，打進那內部生的光環中。那有什麼光環？你可能問，但在封閉的地方，人們就只有一套規則，再荒謬也可以正常不過。

於是你看到那些圍攏與成就階級的，如手牽手轉圈圈一般，優雅與野蠻彼此熟悉，甚至彼此成立。於是這故事在爛泥中生出美好的花圃，妻夫木聰演的主角是一記者，他的工作是聽到人心爛泥聲、聞到因此過分張揚的花香，但你知道有什麼東西都爛到骨子裡了。

這故事精采在由一個記者的筆開始記錄著夏原的鄰人與同學之話而展開，那些話語亢奮著，讓說出的話猶帶水分，脹滿了個人暗湧的私欲。由於我曾身為一個採訪編輯，最喜歡的就是這種還沒有收燙過的情緒，還是處於那上萬字沒整理過的逐字稿時，那會混流腦中未成句的弦外之音，矛盾的互相奏鳴著。

書中的記者，也等著別人泛潮的欲望與情緒。曾有人說記者這工作最大的福利是，這一生會接觸到過多的瘋子，而最好的狀況是被受訪者當成一個樹洞，任由對方夾雜著百般顧忌、又不想煞車的真心話，直直開上了高架橋般；這本小說與電影就是這樣。觀眾你會看著每個愚行者自命聰明的言論，聽著那偷窺的眼貪食並取樣了夏原一家的生活，每個人雖說的是夏原人生的片段，卻投影出鄰人自己哈哈鏡的人生，以及被重組的、移花接木過的他人人生。

任何對夏原的憧憬，都符合雜誌中慈善太太、白雪公主人妻，以及那明嘲暗諷的疏離。夏原有著結界：「可以一起吃飯，但不要覺得我們是一樣的。」周遭人妻想一窺成功者的樣貌，而夏原又需要這些觀眾。白雪公主的天真無論真假，不都在驗證她血統的正當性？

細看書中，人被階級洗腦得徹底，沒有人真的會了解誰的人生。因為我們從自己的欲望在看他們，那些口不對心的正題外話，採訪者可就等著那一記穩穩的進球。因成功價值而自我嫌惡的、崇拜的、忌妒的、懷疑的，這些社區的人心包一包，入袋感是多麼咻般的響亮而沉重啊。

而《愚行錄》讀來就是這般爽快，主要焦點圍繞著一個看似極幸運的布爾喬亞閨秀與一個不幸的下層美女周邊打轉，周遭人的欲望繞著她們如圓舞曲。在階級社會，只要放一個餌，下面就有鯉魚群濺起水花來纏鬥著，或許不餓，但在欲望社會，「飢餓」就是個生存儀式。「飢餓」是被鼓勵且驕傲的，如娶夏原的田向一直盤算著想娶富家千金，而進大商社的女職員，也往往被評估是否能與男同事配對為面試標準之一。重重關卡，密不透風，如今聘僱工與正式職員，感覺如一線之間，人們在這一線的惘惘威脅中，又更想加強層級的鋼筋水泥。

田向以愛情為晉升的方式，同期同事看在眼裡，也跟著一道玩弄家世不夠的女同事。故事裡看不到明確的被害者與加害者，人各有所圖，為著那階級穩固的餌，抓搶著，而另一個容貌極美的窮女光子又如何？從小被家暴與父親強姦的她，用功進了名校，想扭轉階級，卻成為名校「內部生」的玩物。

這部電影的廣告詞主打著：「這裡沒有惡意，也沒有善意。」你看著光子的父母渾噩地結了婚，不想放棄學生時期愜意生活，只為了「懷孕了真麻煩啊」而結婚，不知明天要幹嘛，怎麼長大有這麼多問題，於是因遷怒而不停虐打光子與她的哥哥，水平線下的日復一日，不圖明天的爛泥日子。對照著這一邊從幼兒就在維護貴族習氣的名校，光子想翻身前，就已經四分五裂的不成人形了；這美麗的女孩，終究沒機會長大，死在童年的盡頭。

相對照的公主型夏原，是無可挑剔的空殼靈魂。小說中他們的同學如此形容這類學生：「這名校的學生腦袋聰明，沒什麼缺點，出了社會都能過著水準以上的生活，只不過反過來說，就代表他們沒有才能超凡的人，或者說，大家都是公子小姐沒有冒險精神……」如同著名小說《史托納》點出的千金難脫其飾品價值，致力在演出自己的階級。

你可以將這本書與電影讀成女性在階級社會中的處境，更可以看成電影台詞所形容的「這不是M型社會，而是個階級社會。」

這樣的價值下，是非善惡很模糊，因為階級是視野死角，誰看誰都妄求、誰比誰都自賤。只有製造「羨慕」，才讓人像瞎子一樣，走向上層階級帶領的地方，鬼才知道那是哪裡，終究不是上層人待的地方。多麼奇妙啊，因為羨慕而產生的聰明，往往都是愚笨的，這不就是我們身處的當代嗎？刻意製造了這麼多可「羨慕」的人事物，好讓愚笨跟隨著傳染，無論上下階層，人類在「羨慕」中能倖存的價值幾希，於是《愚行錄》記錄人心腐化的過程。遠看因集體性的一致很美，近看則會感到熟悉，一定會發現有你認識的人，就正在這愚行路上徘徊不去。當然希望不是你或我，在那擠滿人的盡頭前。

《愚行錄》，二〇一七年由獨步文化出版的日本小說。作者為貫井德郎，此書為第三十五屆直木賞入圍作品。劇情從記者調查一個幸福家庭的滅門血案開始，自死者鄰人、朋友等不同人口中，敘述此一懸案的樣貌。從而帶出日本校園、家庭與當代社會荒誕愚昧、傷痛漫布的人吃人階級實況。改編電影由石川慶執導，妻夫木聰、滿島光主演，曾入圍二〇一六年第七十三屆威尼斯影展地平線單元。

人生的困局，是因
青春這難以跨越
的鄉愁——
讀《金閣寺》

人生所有的美，
都因為認知了徒然而產生。

今時今日，再拿出過往經典《金閣寺》來看，人們是否還記得書中內容？老派如我仍讀著書中那「青春」的本質。對於今日種種無解，眾人對大人世界的揮拳以空，書中的「金閣」仍是夜裡閃著細緻光芒的存在，如在夜色裡永恆的航行。

你會知道，所有的無解與解都是你自己的掙扎，這世界從不是前一刻的它。你對抗的是你心中最美也最醜的「金閣寺」，與外界無關，只是你爬不爬得過去青春那座山。

《金閣寺》書中口吃的主角能啟齒時，發現打開門外的現實已非新鮮的現實，我們與外在永遠落了一拍。你對抗的是什麼呢？不是這世界，是你內心那巨大又渺小的追尋吧。

當我下筆要寫《金閣寺》的讀後感時發現，這本書對我而言，就像「金閣寺」對書中「我」這主角產生的意義一樣，有著永遠的衝突與永遠的共鳴。我至今並沒有跨越青春期對這世界的不安，仍難以想像它能包容的我，甚至認為所有人心中都有一座「金閣寺」，在鏡湖池中呈現自己的內在與外在永遠無法交集之處。

直到今日，我眼中的世界仍如三島筆下的「金閣寺」，既偉大又平庸，讓我覺得格格不入又想輕賤它。這使得三島由紀夫對我而言，如曹雪芹一般，是讓我知道一切徒然，但對於自己本身的徒然而成就這世界千萬分之一的美，而心醉不已。

是，「金閣寺」既是這個世界，也是濃縮成一個小點的大世界，就是書中少年的「我」。

川端康成曾這麼稱讚三島的文學造詣：「以真花精萃編織而成的纖弱人造花」，在遇見腐敗的同時，更能想像各種盛開。我們年輕時對這世界的想像與失望，總是留下記憶中的暴投、夏日的九局上半，一切都來不及的輕盈以及最後被青春重力加速度地甩進成人地帶。那些曾讓我們無法近身的美好，長大後時時以近看的醜陋與平庸嘲笑著我們。

人生就是如此想像中的抵達，與永遠不可能的抵達；你始終為了到達傳說中至美「金閣寺」而感到焦慮。

書中主角年少時隨父親自日本海的荒涼海岬，好不容易到他從小聽到世上最美的「金閣寺」面前，他腦海殺出的念頭，讓人會心一笑：「所謂美，難道竟是這樣不美的東西嗎？」「我心中幻想的無與倫比的美，竟背叛了我，這種痛苦完全奪去了我所有的反省。」

這多麼像我們在青春下半場時，以為靠近了夢想與人生，結果它總不如你想像中的好。這時成人的那道門檻才斬釘截鐵地出現，我們如何面對世間終究會背叛我們的價值？

讀《金閣寺》會有一種特別的情緒。閱讀時並不會喜歡書中的那個「我」，他如此自卑又自大，但你推不開他，因為他這麼像自己。尤其是那碰到夢想前的自慚形穢，在實現生命前的不屑世道，誠實到把你的清高踩在地上。因為他正是清高的追隨者，因著鄙棄他，便知道內在有多少殘穢正在拉扯自己。

這真是痛快的悲涼啊，是成年人對自己最強大的審判了吧。你知道三島是藉由一九五〇年的真實案件而有靈感創作，當人問起那青年為何要火燒金閣寺時，那青年回說：「是無法承受金閣寺的美。」這樣一件別人都推說是瘋子就可以結案的事情，三島將其寫成是青春實則無法抵達也無法折返的鄉愁。無論幾歲，它都滯留在你心中，始終只能在路上徘徊，追求的念想會變形，成為一種拷問，但也是你靈魂的時時嗡鳴聲。

三島由紀夫在書中寫出的那句：「青春年華所特有的黯淡、浮躁、不安與虛無感」，點出這本書的迷人之處。世人眼中誇讚的「青春」有多美，對正值年輕的人來說，就是多麼不踏實的霧中謎。我們在美的本身，卻不知美的所在。時至離開，才知它看來平凡無奇，卻在無奇上蘊含了各種美的追求，也就是它註定的「未完成」。對此人生的霧中謎，三島是這樣寫著：「細部的美本身就充滿不安，儘管夢想著完整，卻不知道完結，被唆使著去追尋另一種美……」「虛無，原來就是這美的結構。這些細節的美在未完成之時，各自都蘊含著虛無的預兆……」

書中有三個主要青年為青春做了不同註腳。主角因口吃而無法與外界溝通，如同內心與外界之間的門鑰匙生鏽一般，三島的形容也涵蓋了如今人們對外界喧嘩的失語狀態：「口吃的人為了發出第一個音而焦灼萬分，他就好像一隻企圖從濃稠的黏鳥膠擺脫出來而拚命掙扎的小鳥，好不容易掙扎出來，卻為時晚矣……」

書中將其後座力寫得明白，少年成了一個寡言的暴君，以奪到普世以為美的「金閣寺」詮釋權為傲。但這般眺望之美卻不是人精神上能承受的，成為壓碎自己的王冠。

書中的「我」投射了另兩位主角，令主角憧憬的陽光少年鶴川，則做了一個世人皆以為「正面力量」的反諷，「鶴川明朗的容貌、修長的軀體，的確成為他給人以好感的源泉。」那樣與主角相反的外在象徵，是屬於他人的視角，讓鶴川精神上窒息，內在有一個聯絡不上的自己，終至破碎。

另一青年柏木一段話說得真實：「我們突然變得殘暴，就是在這樣的一瞬間嗎？——譬如就在這樣晴朗的春天下午、就在精心修剪的草坪上，茫然地望著穿透過的葉隙的陽光在嬉戲的瞬間嗎？」

我們所崇拜的，我們所嚮往的，終會是我們所不勝負荷的，如同在主角心中成長海岬的荒涼與金閣寺的一體兩面，呼應出電影《四百擊》中少年逃往沒有盡頭的海邊的寓意。那些世人所認知的好，往往是龐大的虛無架構，讓人誤以為只有兩種極致可以選。

柏木雖然因識人，而有著鄙視人的習慣，但旁觀仍時有洞見，他說了一句：「認識就是生的忍受性。」這「認識」之中，世界既是永久不變的，同時也是永久變形的，這簡直如同三島由紀夫的託身告誡，當時在三十歲寫完《金閣寺》的他，像是給青春的回顧。與其說世界有什麼明確性，它其實更接近那在夜色中幻化為船體的「金閣寺」，就是那樣「一瞬的恆常性」而已。

讀著《金閣寺》，你會身在其中，成為一個包圍你的無所不在。那個你所想像的具體世界從不存在，你的我的都不一樣，生命卻真實地存在在「金閣寺」的幻影中。這份美，才是主角在鏡湖池所看到持續改變的原貌，既是他自己的嚮往，也是「金閣寺」，燒毀與重建反覆發生，永不停止。

人們如今或許仍對過不去的青春感到困擾，徒增煩惱，青春原本是綿延的訴說下半生。我們在「金閣寺」，也在「大觀園」，若拿人生之實，想對抗外在之虛，難免撲空。外在的金閣寺只是導覽冊上的存在，實則更接近是夜空中的明月；若要執迷，必然失落甚或殞落。美對人來講，從來就在這認知了徒然而為的喜悅中。

《金閣寺》，日本文豪三島由紀夫小說代表作。曾被譯成十三國文字，並提名諾貝爾文學獎；二〇一八年由木馬文化重新出版。本書被日本文壇譽為三島美學最高傑作，故事以一青年口吃僧侶的成長經驗、金閣寺於其作為美與幻夢的象徵，精準而感性地託出關乎青春、關乎生存的種種執迷與牽絆，並不斷往復焚燒與重建自我的路程。

科技盛世中，
靈魂的價值為何？——
讀《摺紙動物園》

在這名為「科技」的自由牢籠裡；
人類可以隨心所欲地滿足欲望，
條件是交出你人生真正的主位。

所有人性都被大數據演算十年之後，靈魂就將會破繭而出吧，可以剝除的也只有這二十一克，其他無解的如冬雪降臨。這是人類求仁得仁的最美結局，也是讀《摺紙動物園》的快感，它像個巫師也像個電影程式，計算著我們的開始與盡頭。

一如它的書名，可以有多華麗的想像，也可以風化得沒有痕跡，這是我們的現世。

如果我們都看過科技時代的黑預言影集《黑鏡》，也不意外《西方極樂園》的虛實顛倒，那麼你翻開《摺紙動物園》就知道我們正照向一面鏡子，鏡中看似是未來的預言，但都是重演「很久很久以前的故事」。

讀《摺紙動物園》的經驗很奇妙，因為它裡面每則故事都不是放在同一個時空軌道上，彷彿當年《一千零一夜》裡有人為了保命，每晚跟帝王訴說一則故事。當事人被困在那時空裡，經歷各種為「進化」而發生的扭曲荒謬，我們聽得波瀾不驚，彷彿上帝又在吹氣造人，一切重新開始。

我們雖身在科技世代的繁花似錦，但同時也在最原始的欲望起源。各種可能的開疆闢土，新的大軍逐鹿，我們並非處在四下以為的太平盛世中。科技的盛世之所以吸引人，是因它有最原始蠻荒之氣，吸引了我們的動物性。

人類那嗜血的腦袋，並非貪戀便利，而是新的統治力量將超越了國界的權柄。

如同第一篇故事裡卡魯伊人藉由石化的腦接收到過去文明的殘響，第二則故事描述人們的靈魂寄於萬物之中：有人的靈魂是一包快抽完的香菸、有人是脆弱的冰塊，有人則能用咖啡匙就能量出他的生命……這本小說像古代的咒語，襯出科技盛世的冰涼本質，讓人想起尼爾蓋曼的《美國眾神》。但這本書訴說那力量更潛伏在遠古，萬物的神靈都還活躍的時候，人們初始的樣貌，而在這現世，這樣的靈氣正與所有演算式做最終的抗爭。

故事就踩踏在科技時代的鏡花水月上，眼前的設定應有盡有，人類跟當時在伊甸園的亞當與夏娃沒有不同。我們為自己製造了一個大型伊甸園，讓裡面滿是可摘取的禁果，包括第三則故事「完美配對」以AI智慧介入你的生活，你再也不用考慮要找什麼配偶、未來要怎麼辦、約會要做什麼，甚至家具要選哪一種；下載軟體後，電腦為你安排之後的所有選擇。如同你現在打開平台，它會建議你選擇哪一部電影一樣，你也不會看到數據為你排除的新聞，你可以什麼都不去想，電腦會把該有的想法塞進你腦袋。

然而這只是剛開始，你的資料將藉由你所有的行為，被建檔在一間民營公司，這天大的權力只須接到買單，就可主宰整個國家與社會。沒下載的人幾乎就沒有朋友，一個最森嚴的美麗新世界，人生只要「下載」就好。

人類被科技馴養，作者劉宇昆則將文字變成巫師施咒一樣，同時顯影著古老的智慧。一篇「測字」劃出一道歷史的傷疤，所謂的左派右派是如何以「主義」來謊騙自己與他人的感情，人們只會原地打轉，從不會真的「左右」。所有近代字眼被架空成了口號來騙人，文字失去了魔力，為我們的失語，為所有以空話充塞的社會，做了撕心裂肺的審查。人的愛傳達不出去，憤怒則如冷風四竄。

他行文如魔術輕盈，但重重打了人類百年愚行一巴掌。書中的偵探選擇了使用「情緒控制器」來克服傷痛，如她身邊多數的人，為了阻擋憤怒與悲傷的情緒，但也讓我們腦子如淨空的沙灘一樣，退潮後，不會留下任何痕跡。你可以想像會有這發明，畢竟我們的聰明從來不辜負我們的愚昧。

作者為每個故事都拉出一條歷史光譜，人類的過去，與現在的「進化」，都在同一片星空中，讓我們知道原本萬物有靈時，人類與動物的關係。一則關於狐仙的故事，寫得悽豔，小男孩與狐仙一起長大，兩人都被奴役，失去了野性與靈氣，一句：「古老的法術回來了，但變得不同了，不再是毛皮與血肉之軀，而是金屬與火。」人不僅改寫了自己的基因，也改寫了自然的法則。

包括我們現在所著迷的擬像、仿真。書中以此來描述一個父親對孩子的情感。失去了孩子信任的他，以擬像攝影重複播放女兒還與他親近的時刻，這樣的依戀，對女兒像是竄改了真實。曾經女兒在幼年時瞥見父親與擬像的虛擬性愛，這對她而言，擬像是比暫時身體出軌更糟糕的心理背叛，因他父親表現出的是長久以假當真的親暱，而非淫穢。這令人想起電影《雲端情人》，一切依照你心意打造的虛擬情人，人怎能控制自己當下的真心，那甚至是種依賴了。

所有的殘缺都可以在科技的鏡花水月得到滿足，包括書中將肉體的規格升級，將自己賽博格化，為眼睛裝入攝影機。人類可以隨心所欲地將自己放在這名為「科技」的自由牢籠裡；滿足你的所有欲望，只需要交出你人生真正的主位。將其架空了放水流，也是輕簡，也是無盡的殘穢。

於是他寫了一篇〈物哀〉，寫了極美的殘缺與遺憾提醒這仍是提煉人的高貴價值。那些我們藉由科技避掉的不完美讓人不快樂，他父親因此給了他兒子一首詩，紀念這世上脆弱與永恆的共生，才是為人生。

這本書有如以遠古祖先的眼光看著人的一路遠行，直到消失那刻為止。筆觸充滿深情，也滿是惋惜地鬆手，看我們走到盡頭也回到了起點。

《摺紙動物園》（The Paper Menagerie and other stories），二〇一八年由新經典文化出版的短篇小說集，作者為華裔作家劉宇昆。本書包含十五則短篇小說，以奇幻筆法包裝，講述科技、機器介入人類生活與情感，如何奪走主控權，掌握人類的生存意志，而人類又如何因應此海嘯般的衝擊。書中同名短篇〈摺紙動物園〉為同時獲得星雲獎、雨果獎與世界奇幻小說獎的作品。

再怎麼卑微也是愛——
《她不知道那些鳥的名字》
的陣治與十和子

兩人孤獨到只有
對方可以確認自己的存在。
是愛吧！儘管這麼狼狽……

她從來學不會平平靜靜地活著，她以為人生必須出發到夢想中的「遠方」，到了「那裡」，她就可以找到所謂「自己」了。南瓜車是她莫名的託付，從沒兌現的廢話她都當寶貝。

她看了太多與她無關的人生許諾，在雜誌裡，在新聞裡，彷彿每個女生都被欠一個「幸福」。

但轉眼間，身邊是看起來沒有人會喜歡的陣治啊，在坐捷運時總這麼大聲招喚十和子，說幫她占了空位、嘴巴總是出現菜渣卡到的嘖嘖聲、身上永遠是有油漬與汗味的工作服，更別提領口洗不掉的黃垢，與脫了線的毛襪。十和子又想罵他。

當然，她可以不罵他，可以盡量遠離或敷衍他，待在外頭很晚，陣治這畏縮的鬼應該也不會說什麼。但她就是想不斷狂罵他，用作賤到不行的語氣罵他、用最粗劣的口吻貶抑他；罵著罵著，就不覺得自己活得像灘爛泥了。

自己是怎麼鄙視自己的，就要把他罵得比自己還低下。

去不了「夢想中的遠方」的十和子隨時歇斯底里著，沒事就打電話到廠商客訴當消遣，反正沒事做，就晨昏不分地租了十片錄影帶來看。看完之後，畫面停在選片單時最令人感到空虛，選擇下一場即時夢並沒有那麼迷人，畢竟打發了六個小時後的下午四點，自己正清醒得很。

知道那渾身飄著鹹菜味的陣治已打了十幾通未接來電，這樣的聯繫就夠了，偶爾她接聽了只會辱罵他而已，畢竟他是害她困在這裡的人。誰叫他每天都放進辛苦錢在盒子裡，她只花光就好了，這裡本來就不是她該待的地方，只要有一天聯絡到黑崎君就好了，他可以帶她到一個她夢想中的地方。

她永遠都不想待在現在這裡，她以為遠方有更好的許諾給她，像鳥兒有棲息的地方，但她心頭的鳥兒從來不滿意任何可落腳之處。那些從體內飛了滿天的，都只有欲望，欲望一落地就被踩成爛糊一片，她不知道身體內妄動的那些鳥的名字，一如她也不知道自己是在追求什麼。

她看似只知道她不要什麼，住進了陣治的斗室裡，她不滿他的香港腳、不滿他吃東西的聲音、不滿他滿嘴塞滿冷凍食物仍說好吃，但其實他吃什麼都一樣快速而無味。她只當自己寄居在這裡，一住卻是六、七年，仍在等通訊欄中那個從未打來的「黑崎」來電「拯救」她。

那真實的她想在哪裡？還是她根本沒有所謂真實的這種東西，就像黑崎第一次碰到她時說：「小姐，很危險喔，妳好像有個開關關掉的感覺。」她不想活在有姊姊美鈴這成功範本的家庭裡，她也看不慣美鈴的世俗，她只追求生活之外的幻象。只要一個看似優越的男性給她下指令，她就感覺到有無限寬闊的空間。

這跟《格雷的五十道陰影》女主角一樣，她追求的是自以為的幸運，找個爸爸兼哥哥，幸福總給人類似幸運的錯覺，其實只是自己不想再承擔做了任何選擇的後果。於是她被男性性剝削，成為一個「物件」似的被拋棄毆打，她都覺得還可以再「重來一次」，這次一定會像賭博遊戲機一樣贏更多一點。

女方想找個「父親」替代品，帶她住在不可能的住宅區，在那人身邊再也不用想自己是誰，又是什麼？或是後來邂逅的水島先生，她寄望他帶她到塔克拉瑪干沙漠旅遊，光是這個不知是什麼地方的描述，就夠她精神上「移民」一趟，只要能展示她「幸福」的證明，她都渴望得到。

「幸福」的展示性把她整個人綁架走了，讓她只剩不幸而已。

男方陣治不避諱自己窮苦人家出身，母親早走，親戚偶爾要幼年的他去買麵，也只分給他一條烏龍麵條，香蕉只能分一口，因此十和子對他不斷的口頭凌辱，他認為那可以取代親情的部分。

兩人孤獨到只有對方可以確認自己的存在，如人造衛星般，只有他（她的利用）可以確認自己吧。不然跟這世界的聯繫好像隨時會斷掉一樣。

但陣治這樣的人，悲傷沒有昭告的價值，同時他也在其中浸泡太久了，一出來就像「無臉男」一樣，讓人掩鼻而過。表面上任由他人欺負，無論鄉下口音與渴望別人肯定他的沾黏度，都讓他在職場上屢屢被霸凌。即便考上了東京的大企業，成為家鄉中唯一光宗耀祖的人，他也不能說公司將所有雜事都丟給他，即使這樣努力了，仍在形貌與口音與出身吃虧的人，等於沒了嘴巴。他那誰也不會聽的碎碎念，那熊滾滾的怒火，就像孩子沒機會長大一樣，被壓得低低的，暗夜裡在夢中粗鄙地低吼著。

只有一幕，陣治看著某位年輕才俊要擠進電車中，只差半步之遙，但因為太靠近門邊的十和子，加上十和子看那人出了神，陣治一腳將那陌生人踢出了門。像個孩子，一股氣是誰也不能搶走像是母親也像是情人，關係無從定義，但怎樣都好的十和子。

陣治的前半生像在為十和子按摩時所說的：「我家有養牛，因為地小，牠們一輩子都是站著，尤其是負責生產的母牛，因為都是站著生下一胎又一胎，最後連生都沒力氣，就站著斷氣了。」只有這時候，十和子休戰，但也聽得恍惚，但陣治無人可訴說這些。

你看著陣治，個人衛生無法顧好、狼狽憔悴，沒有十和子時，他像鬆懈的氣球一樣沒了力氣。當初他發現了十和子「哪裡都去不了」的茫然，對照著他如牛在獸圈中不容轉身之地，他像動物嗅看出了彼此的需要，你說這也算愛嗎？

是愛吧，儘管這麼狼狽，看完發現這其實是陣治的故事。他到城市發展，無一席之地的他，用他狼狽的人生，扛著一個哪裡都去不了的女生。儘管為此他活得更像頭獸類，但他扛到盡頭，讓十和子知道幸福不在她幻想的「遠方」，而是在任何能被微笑祝福的當下。

《她不知道那些鳥的名字》由《兇惡》榮獲日本奧斯卡最佳電影多個獎項提名的白石和彌執導，蒼井優、阿部貞夫、松坂桃李、竹野內豐主演。三個渣男，一個比一個還渣！故事以複雜關係揭露人性陰暗面，展現極致的「愛的深淵」。此部電影改編有嫌惡系女作家之稱的沼田真帆香留同名小說，由蒼井優轉型挑戰惡女，周旋於渣男之間，她並以此片入圍「日本電影學院獎」最佳女主角。

這受到神祝福的
怪物原鄉——
《鎌倉物語》的
人與怪物

階級有了天地，也被打破了森嚴，
在這裡，
每個人為當天自己還能有守護的人
或事而慶幸著。

這故事讓人感覺暖鬆鬆的，像釋放了各種現實中無聊的制約，知道了有神鬼各自營生在這場域，就讓人感官一開，所有顏色旋即奔流出來。懸疑小說作家一色正和如披著夜衣看事物，一切就有了舊得發亮的光澤，四處有發出氣味的梔子花顏色，有著泥巴像孩子般撒野滑下去的水味，等於把這城市泡在時光這碗湯水裡了。前方住屋的一盞燈如營火搖晃，是妻子在家守門吧，忽遠忽近，讓幸福先行一步在回家的路上。

若沒有感受到大自然，也不知四周有鬼神，人類是不會幸福的。人類這靈魂，是天生為了感受自然而生。

所以這電影在講述一個幸福的故事。在鎌倉，天地有它的道理規矩，萬物的小靈小怪有他們窩藏的地方，三兩個在樹叢裡嘰喳搖晃著，有時趁機偷食一口人類的餐食，這區弄哪家飯餐最香，土地公都知道。那是多麼令人微笑的地方，然後黃昏來了，拉開整幕沒被高樓擋去的燦紅天邊，人類因此知道自己這一天沒有被辜負。

主人翁一色正和帶年輕的太太走在鎌倉路上時，瞧著東張西望，不熟悉鎌倉的太太，感覺逗趣地說：「鎌倉是個神鬼同住的地方，我們互相尊重，一起相處。」他們一起逛的怪物夜市，真的是名符其實的龍蛇雜處，各方來路的妖怪齊聚擺攤，有的像豬牛合體、有的擺著大把像樹精會賣的東西、有的是石頭般頑固的靈體，那裡像打開結界一樣沸騰著。

難怪一色新娶進門的太太這麼興奮，一攤等不及看過一攤，連中妖怪的招都不知道，買了人類不能吃的東西。因為那裡感覺太平和了，那夜裡熙來攘往的鬧市聲給人浸泡在酒氣的暖和味，有什麼樣的地方這麼不用擔心自己的寂寞？有什麼樣的地方不需擔心自己太異類太奇怪，大約就是因這裡是精怪們同居一處，沒有誰特別奇怪，各種怪都是來自極美的天地，而因這些醜怪又讓這世界過分的美好。

因此你知道為何一色的新婚妻子亞紀子這麼活跳跳，畢竟她從沒住過這樣的怪物原鄉。時間如石階一樣通往好久以前的神社，彷彿誰都可以被抓去另時另刻的老鼠娶親一般，這念頭只有我們小時候才會這樣想吧，這積滿厚苔的石階曾被哪個古人走過，又將會通往哪個神的夢呢？

所以一色正和剛開始就跟亞紀子說：「這裡的時間感不一樣吧。」與適才他們還開車疾行的公路不同，那裡有水泥柏油跟著犀利的陽光照進，絲毫沒有鎌倉在電影中那青苔的印記，顏色老老閒散的暮氣。這裡被神封了印，不准一般工業城市的灰瀝色張牙舞爪地進入，這裡的「時間」都變小靈怪，迷了路在鎌倉裡，從舉步到晃遊，散成這裡的點綴之物，停在誰的眉宇間，或被遺落在哪台列車上；到了這城，全下錯了站，給了人們自由。

與其說這部電影是個溫暖濃郁的愛情故事，不如說它就是個人類如何過幸福生活的故事。連招晦氣的窮神到一色家作客，搞得他們生活大亂，收入減少，妻子也沒想過要趕祂走，反看窮神一身襤褸，分祂熱熱的飯食。沒有被人類招待過的窮神深受感動，雖然衰運無法減少，但妻子與窮神在廊簷下喝茶聊天，交換來一個窮神布袋裡不甚起眼的木碗，丈夫也由得他們。這裡有接受命運的甘之如飴，窮點過，人可以趁機知足，顛簸受點苦，足見仍有人可相視而笑。際遇不能控制，但祂來、祂走，只要不圖想控制命運，日子仍是屬於這幾個小百姓的。

在電影中，鎌倉的人仍敬天地，信萬物皆有靈，因此較他人定點神，風有它的體貼、米沒有白白得來、今晚的樹影更接近月亮，鏡頭下這城市是活的。人沒有太孤單地要抓住另外一個人，因為知道這世界不只有人而已，也不是只有人在白白受苦，有業務量龐雜的陰間使者，也有申請到能留在人間多陪家人幾年的靈體們、還有寧可變成怪物，也依戀在世間妻小的人。這裡沒瞧到對錢過分依賴的人，階級有了天地，也被打破了森嚴，每個人為著當天自己還能有守護的人或事而慶幸著。

就像男主角一色正和也並非什麼大作家，就是愛買火車模型，寫不出來時也會大聲哀號：「我這是何苦？」也被不合理的報酬與邀約欺壓過，像個孩子在自己一派莊嚴的書房裡滾來滾去，不久後又被火車玩具給逗得樂呵呵，再度有力氣多做些努力，這人認定這城的安身立命。

這人穿著古典，一身文人淡雅和服，像時間走過，但仍有其不變的精神。這部電影無論是穿梭古街巷弄的綠黃色江之電電車，還是把死者送往黃泉之國的老式車廂，那月台散發的老燈泡光暈，或是一色妻子身上總穿著復古花樣的毛衣，誰也不怕時間消失，包括死者上車都有遠遠的路燈照明，暖暖的並不悲哀。那裡沒有光是豔的，也沒有顏色是刺人的，你才會覺得時間是水澄澄的，不快不慢的平靜流逝。誰在此情境都被溫柔地對待了，這部電影沒有在宣傳復古情懷有多好，也沒矯情地對照現代化處處拔尖的生活。

它就是這樣靜靜地尊重時間的河般流速，「鎌倉」被拍得像個人、像男主角的人生，你仍可以這樣選擇自己的生活，不貪多、不疾馳。

這部電影當然有吸引人的神怪情節，但都不是多嚇人的那種，頂多有點卑微、有點猥瑣，或是像河童那樣一閃而過。最可怕的無非是那個用詭計把亞紀子擄走的天頭鬼，但它脆弱幼稚愛霸權，跨越百年想搶同一個女子，拘禁其魂魄到黃泉國。黃泉之國的顏色反比人間還鮮亮熱鬧，天頭鬼如狼似虎地進逼亞紀子結婚，這裡就喪失了適才在鎌倉時間的魔法，人們的欲望與庸碌開始浮現，即使黃泉之國是個死者等待投胎轉世的中繼站。

這是個有趣的電影，我不能爆雷說結局如何，且在我眼裡也非重點，而是「鎌倉」在這故事裡似乎不只是城了，而是個象徵。如果現代化偷走的是人們的「時間」，我剛剛在電影裡看到那漫漫悠長的歲月是什麼？很像古時候的人因為沒有便利的生活，且有所信奉，因此每天能擔的心也就這麼多了，知道不辜負了上天能給的也就夠了。或許真實的鎌倉不是這麼美的城，但留住了「時間」，是個美好的生活想像，想像我們被快轉的人生，誰又還給了我們平和。

沒有說復古多好，但當那江之電緩緩地入站時，在我們將時間交換了便利之後，我們可以選擇下一站是「鎌倉」嗎？那萬物皆有靈，時間被抓住衣角便知道珍惜，之後嘆息也有了價值，從那個幸運到得知一切珍貴的下午，人生才會初初開始。這表面上是一個奇幻愛情故事，卻更接近一個人們終於能「幸福」的故事。

《鎌倉物語》（DESTINY:The Tale of Kamakura）改編自日本暢銷漫畫家西岸良平原著，在日本創下高票房。由山崎貴（《幸福的三丁目》、《寄生獸》）執導，堺雅人、高畑充希、安藤櫻、堤真一演出。描述亞紀子在嫁給住在鎌倉的懸疑小說作家後，生活中充滿了層出不窮的驚奇。走在路上，不僅看得見魔物、幽靈、妖怪、佛像，甚至還看過死神（安藤櫻 飾）出沒。城鎮裡有股神奇的力量覆蓋著，人類與來自其他世界的存在，似乎相處地和樂融融……

請不要連愛
都失去了——
《小偷家族》許下的心願

小偷這一家人
每一頓飯桌時光都顯得珍貴，
是這群人的價值被踩踏後，
唯一能保持尊嚴與笑容的夢境之地。

東京，承載了二十年亞洲人的夢想，曾是個幻夢之都，但泡沫經濟與少子化多年後，東京的夢像水一樣，讓許多人無法扎根。「家」的泡影愈來愈多，那裡面沉浮的人與事，流向了「小偷家族」這個故事，讓載浮載沉的人們，有了愛的佐證。

這不是關乎有無快樂結局的故事，每個人生的結局都是殘壘，是你是否又一次被故事接住。是枝裕和的電影有浮力，輕緩如河流，能接住所有的畸零人。片中兩個孩子的遭遇是推動這故事的齒輪，起先是像小偷的爸爸帶著兒子樣的少年，在超市行竊，讓你不禁為那男孩擔心。

電影裡蟬聲大作，兩人衣衫滿是汗水濕了又乾的細節，是擰不乾的勞苦人生，正在戲院吹冷氣的我們，無法置喙又感疑慮。之後一小女孩滿身傷痕的出現在這個家庭裡，這一「家」明顯沒有血緣關係，是靠年金與行竊、打零工過活的組合，一開始他們並不想收容她，沒報戶口的他們禁不起任何風險。但當他們送女孩回家的路上，聽到她父母的對話，在暗巷裡格外清楚，小孩明顯受虐，母親並不想找回孩子；這對小偷男女遲疑了，儘管身為宵小之徒，但不捨這女孩再度受虐。

我們是這麼清楚這幾年亞洲的家庭起了什麼變化，光看新聞就知有多少意外生子的男女，孩子像拖累他們青春的存在。就如安藤櫻飾演的角色最後反問她的刑檢人員：「是否生了孩子就代表能當一個母親？」這問題一如歌詞散失在風裡，因為我們看到家庭力量散失的案例一樁樁，在這社會氣氛快轉如渦輪馬達時，「家」的意義正被翻攪得難以找回它的抓地力。

但「家」卻在這群沒有血緣關係的人身上見真章。極諷刺又極溫柔的，原本只是一群自顧不暇的人的組合，必須互相幫助苟延殘喘，如果以舊時代眼光來看，這「家」糟透了，但從現代各種實在的已陷落的眼光來看，這家竟然找回了愛，在不符合現代人「愛」的條件下，愛自然的在這群畸零人身上發生了。

現代人的家庭很像經濟單位，家長以財力蓋出銅牆鐵壁，保障小孩的安全與受教權，以後沿襲父母在經濟體的位置。但「小偷先生」他們家頂多是個破木屋，一群沒有戶口身分的人，寄居在老太太的家，靠著她的年金過日，朝不保夕的，但他們卻好像可以天長地久地彼此愛著。

這家的大人都有種酸鄙氣，被窮鬼纏了身的人，但這故事是因為這樣才動人，因為他們本來才是最該自私的一群人啊。你不會去管他們今日為何到達這田地，不論安藤櫻是隨時可能不被延聘的女工、少女從事的情色制服業、老太太定期去情感勒索某家庭，之後舔算著三萬日元的神情，明明像爸爸的人卻教著孩子行竊技巧，是枝裕和的鏡頭並沒有避開他們鄙賤的一面，讓這一切是這麼自然。每天光是「活著」就用盡全力，僅剩的力氣就是坐在那間破屋子裡吃飯。

於是那飯桌顯得多麼珍貴，是這群人被踩踏後，唯一能保持尊嚴與笑容的夢境之地。這一群人共同做一個夢，像家人一樣的一起用餐，老太太用口水抹去小女孩傷口也好、彼此玩笑話地嫌棄也好、大口吃著沒有存糧的今日限定，就是這麼的底層，奢侈的只有今天的餐桌。他們吃的，為何跟我們吃的感覺不一樣呢？

我們有多久沒有只剩下「生活」這件事？我們有的好像很多，多到忘記了我們的失去，他們每頓偷到什麼吃什麼，每個人該哭的時候，聚在一起都讓對方笑了。

原來被導演拍出來的是「時光」，每個發生在那破屋子的影像儘管是流動的，但同時是定格的回憶。讓你體會到愛發生的當下，原來是長這樣的。對他們來講，未來是威脅，每個可以跟彼此相處的今日，都像偷來的美好。無論是老太太多給少女一個麻糬、小男孩終於認了小女生當妹妹、一段吃完冷麵的有氣無力做愛，偽爸爸見孩子回來趕快穿上褲子、為孩子擦乾頭髮的日常，愛這麼平常又這麼奢侈。

我們常提到貧富差距，階級出現巨大落差，但很少看過這樣抒情地拍這件事。是那麼絕望的一群人，未來被砍掉的一群人，過老、技能沒跟上社會、被親生家人凌虐、被拋棄，一群被階級丟掉的人。每天看他們老的中年的，光是賺到這週能活的，就窮其體力，身為觀眾的你也在為他們倒數過日子，因為他們是死命抱著「餐桌上幸福」不肯放的。那不肯放的力氣，讓你知道外界社會是用多大的努力讓所有家庭看似正常又正確，家變得是用未來來綁架的「單位」，光是這份拉扯與期待，就足以讓人類整個家庭觀四分五裂。

家庭並不是為了社會服務，不是為了個人產值服務，家庭是因為要讓人體驗到愛而存在。這次是枝裕和在《第三次殺人》拍出困苦人沒話語權後，又再次把階級之病揪出來，人們對家的制式期待，讓我們失去了愛的本能；因愛就是這麼野生地反抗純粹階級這件事。

這部電影不是要為偷竊或哪種教育方式來開脫，是讓我們看到「真正的家」是什麼，在外界價值觀都被改寫，人被貶值的當下，為何家是浮木？是因為唯獨它有力量站在階級之外。個人會被階級輾壓，但家是為了證明愛，唯一剩下的僅存存在。未來絕對會是一個階級差距更大的時代，人能抓住的，是不見得跟你有血緣家人，是在你失去數據價值時，在他眼中，你有不需要被評估的價值；這是跟現代「家庭」走向正好相反的。

最後的餘韻也牽動在兩個孩子身上，當那男孩在巴士上轉頭無聲地喊著：「爸爸」。當那小女孩站在陽台上滿是寂寞的眼神，他們可能在世人眼中最正確的地方，但愛沒有在他們的身邊。

我看的那場放映完畢時，雖不是試映會，卻有人忍不住鼓掌致敬，而我則熱淚盈眶。未來會有很多被階級改寫的價值，但請不要讓它改寫愛。是枝裕和這部電影是個晚禱，也是個最不捨放手的心願。

《小偷家族》（Shoplifters）本片獲七十一屆坎城影展最佳影片「金棕櫚獎」，由日本奧斯卡最佳導演是枝裕和執導，由 Lily Franky、樹木希林等「是枝組」班底再度合作，描述一個生活在東京底層的家庭，倚靠年金、微薄薪水和偷竊過活。是繼一九九七年今村昌平執導的《鰻魚》之後，日本暌違二十一年再獲坎城影展金棕櫚獎肯定的作品。

女人是學會
笑著的動物——
《血觀音》的棠真

嘲笑是唯一可以代替哭的表情，
不知道的人，是幸福的傻子。

某些女人的故事，總常有位唱戲的為她講述，那些你踩我踏的命賤，在階級裡翻滾的血肉模糊，主角一身亮麗地出場，一路燦笑著過著鬼的日子，成為富貴人自賞的浮光倒影。因為說戲的人這樣唱，聽的人也抒懷一點，好像發生在很久以前，讓一滴眼淚就可以了事的悲劇，誰會統計她們仍是多少的芸芸眾生呢？

人類是動物，感到被階級拘囚時，欲望更野生，但女人總是笑著的動物，不安時更笑得緊，笑給我們觀察的時間，看是要笑得更開，還是收著點的笑。

像傳統的日本女兒節娃娃，供在蔭處，任她日久笑得荒誕。

我們棠家三女，一輩子都在計較笑的幅度，不多不少的淺笑，卑微得剛好裝滿那些人的驕傲，這需要演練。

等你練就了，打從心底的笑就會消失，剩下只是一再嘲弄他人的癮，癮頭一犯就要弄人。

棠夫人她不是貪，她是輕蔑這一切，輕蔑是她和這世界唯一的聯繫。

如果有一顆心活跳跳的單純，我們就跟她學著用高跟鞋把它踩爛，抹上大把胭脂粉與汙泥，來敬這不哭不笑的人生。

不解釋動機，階級下的浮沉，踩螞蟻是純粹的衝動。

名義上，無論棠夫人她是我外婆，還是我「母親」，都不重要，因為我們傳承下來的不是血脈，是把世事丟放在砧板上，打成肉泥的蔑視。沒有一刻有愛，打從學步後，就是求生而已，表情收得只剩嘲笑，嘲笑是唯一可以代替哭的表情，不知道的人，是幸福的傻子。

我瞧不起我「姊姊」，她生了我卻無法救我，她的愛在這家比不上一根蔥實用。等她要救我時，我也只剩下皮肉會笑的空蕩蕩，來不及了，因此我也只能以輕蔑來回應她，誰叫她自救不能，在這女人國的惡土中。

你知道，當時代環境或經濟出問題時，女人跟小孩是最需要自危的動物，即便是酒肉臭的時代，朱門也是臭在女人的香粉上。我們是富貴人的裝飾品，別在領上，別搶戲。我們是朱門裡魚翅洗完的臭水，但總是跟高貴沾上過邊的。有錢人需要我們，因我們說得出點見識、講得出一些骨董經、機靈如床沿丫鬟、美色襯得出排場，不能像立法院長夫人嫌棄的 Buffet 粗食，供吃客貪看用，夾這盤望那盤的顯窮酸。我們要跟夫人吃的那盤高等魚一樣精緻；沒有我們，她富貴得沒價值。

如同我一旁奉茶的那點伎倆，讓夫人連呼吸都顯富貴，不然日漸垂死的肉身，哪能跟他們金剛不動的財富舉案齊眉。是的，骨子賤的朱門才需要我們棠家人來舞文弄墨地抬轎，每月來找我「母親」棠夫人當白手套的達官顯貴奇多，非得以輕蔑，才猜得出他們的貪與饞。做官的餓死鬼只要養了，就纏得緊了。

這彌陀鄉原本是不值錢的地，來了群人要來炒地，做ＢＯＴ案，樹先砍了大半弄個高爾夫球場，原來住的人被用掃的掃到一邊去，找個公共建設的名義，掏空農會，讓銀行超貸，四處開發他們根本不知道的偏鄉，中飽私囊。我們平日則在演一場秀，在窮人戶圍繞的地方騎馬，如古代的貴族少女。我母親「棠夫人」以輕賤的本領，聞得到人性腐臭的味道，居中為官商做白手套，我童年就看她這樣玩，看著顯達人士出入，我開始學會笑，與周圍無關的飄忽的笑，我是個看起來潔身自好的陶瓷娃娃樣，空洞洞的好供人賞趣。在那些達官敬酒的飯桌上，燈火通明，是照不進人心的那種亮法。

你看，他們在夜宴，除這亭子是亮的，外面的夜像水色一樣，有歌舞團演唱舞蹈，整個庭院包下來的豪華。人能進來是身分的表徵，時間則是不知今夕是何夕的黑洞，你順著勢就掉了進去。那麼優雅的雕樑畫棟，這麼不俗的舞蹈，像歷史屍骨未寒地一把把你抓住，那哪朝哪代的腐敗都聞得到，你看過這樣的空虛嗎？如死人入席上演不變的騙局饗宴，空虛像鉛塊，噗通一聲，是見證過這樣雖生猶死的繁華，如映在水影上的一台熱戲。

人生這場戲，棠夫人反覆彩排，讓虛假可偷天換日、窮凶惡極，因為我的年齡，可以暫且當個旁觀者，走進走出，都形同只有我一人，這裡沒有真實的人生。棠夫人對我也做戲，教我繪畫，舞文弄墨如千金，不過是未來要推我去做生意。

我們家是權充的，裡面堆滿了真假骨董，棠夫人以將軍小三的不名譽，硬擠進大戶人家破落的格局裡。我的朋友翩翩當然知道我是假閨秀，比起她議員女兒的身分，我只是陪伴者，說不上朋友。她與工人Maco的戀情，需要我的掩護，而她明明知道我喜歡那男人，她利用我的忌妒，得到她有第三者旁觀的勝利快感。

一抓就碎了的現實，我的人生在棠夫人劇本下，沒有半點真實。

我姊姊則是頭獸，被我媽豢養著，人後一團泥，人前只會一招，扮演欲望的幻體，那麼美又這麼腐敗。我疏遠著她為自保，因為她還不懂得全然的輕蔑，她還會哭，還會崩潰。她對我來講，意味著「危險」，她到現在還沒搞清楚我們在「哪裡」，這頭自殘的獸，沒認命於我們在清冷之地，情感上沒有一點仁慈的不毛地帶。她做著沒意義的衝撞，她也會畫畫，也有著帶得出去的閨秀本領，很像我的養成術，那種掏空我們來取悅別人的養成術。

在後院裡看著姊姊與人做愛，我不住地看著，另一個男的餵食她毒品。眼前這景象，我沒有特別的感覺，只是好奇，直到她看向我，我知道她也在另一場戲裡，她過分的清醒嚇到了我，像個假人一樣，魂空得都四散飛掉了。

這沒有地方可以逃的「世界」，翩翩與她男友尋歡時細數私奔坐火車到花東的站名，那些地方我都背起來了，我可以去嗎？我才是應該代替翩翩離開這裡的人吧。活該讓我出賣她。

「好寂寞啊。」我不住哭道，用陌生的眼淚，我的本質卻已是棠夫人，我可以做任何對自己有利的事情，甚至出賣我的姊姊（母親）、無視翩翩的痛苦，但這寂寞一意識到，就沒得救了。因我如此輕蔑人，寂寞就來得星星火火，漫天燒光了我僅剩的感情殘跡，人生的日頭沒再出來過。

那唱戲的人還在唱我們的故事嗎？真討厭啊，感情怎麼像指甲縫裡的垢，即使流出血也要清刮掉，人們不知道身在底層如泥濘的滋味吧？我也不知道，我只知道我們送往迎來的那些富人，知道我們的家底，都忍不住地順勢踩一腳，然後不經心的道歉。我們三人的心被踩出殘穢來，踩得更深、拖行得更遠，跟我們外表相反，那一地的血肉穢膩，我跟棠夫人選擇往裡收，我姊姊任由它晾曬，失了神智。如今我已成年，連義肢都要用文雅招搖的花瓷，刻意讓棠夫人求死不能，寂寞哪稱得上什麼，我要妳感受我小時候的空白，連情緒都被抽光的空白。妳的輕蔑，終於換得我一次到足的輕蔑。

女人的微笑要淺啊，要適時側著頭聆聽、在自己的身分空格上進退，舉手投足都是戲，那是低層要走進上一個階級的道路。過程中，妳甚至不知道要哭，除非是有人在場的泫然欲泣。那唱戲講古的，如果妳不講，誰知道我還值一滴眼淚。

《血觀音》（The Bold, the Corrupt and the Beautiful），是一部於二〇一七年上映的懸疑驚悚電影。由惠英紅、吳可熙、文淇領銜主演，台灣於二〇一七年十一月二十四日上映。故事描述在女人組成的棠府裡，住著三位不同世代但一樣懂人心的女性，由棠夫人（惠英紅飾）主持大局，穿梭權貴間，靠著高超手腕與柔軟身段，在複雜的政商關係中生存取利；個性如刺蝟般的大女兒棠寧（吳可熙飾）為求母親肯定，勉力配合；乖巧的小女兒棠真（文淇飾）多半靜靜觀察，唯母命是從。直到某天，棠家親密友人慘遭滅門事件爆發，三人各自被牽扯其中，一向以大局為重的棠夫人，為了守護一切，費盡心機，卻讓三人走向不同的命。本片榮獲金馬獎「最佳劇情片」大獎。

她做了一場叫
「人生」的夢——
《順雲》的韓順雲

只因一個不留神，
夢一早就吃了她。

某一天下午，幾個警察到順雲住的社區，那裡山腳猜想還有舊時模糊的「新村」字樣，當時漆在那裡是紅豔豔的字吧，可以安身立命的。但現在也沒剩幾戶人家了，警察跟管理員說：「昨天抓到幾個闖空門的，他們說性侵了你們這裡十八號的韓小姐。」隨即要往山坡上的住戶走去，管理員愣了一下衝去才說：「韓小姐已經六十歲了，你們這樣問她不好吧。」

那一天跟別的日子也沒什麼不一樣，這裡的野貓都比人活躍，平常經過除非看到曬衣竿上的幾件寥落，不然你會以為這邊沒住人了。這區跟幾個早期眷村聚落一樣，人幾乎都凋零或遷走了，貓還在休憩，微雨陰天，那裡最適合這樣的天氣，到處都長了苔，好像每門每戶都可以這樣睡著。不管以前有多熱鬧，就這麼任性地睡進時間去。

人心一長苔就搬不走了，如果你想要問韓小姐以前與他老母親為何還住在那裡。

那裡就是她的人生了，她卡在那裡的、經年癱在那裡的，比她活著的部分還要多。有些人的回憶如果任由它蔓延到生活裡，那有可能就出不去了。這對母女就是這樣，回憶沉沉的，你有時只需浸泡，再睜眼就一輩子。

關於韓順雲這人，電影裡倒是交代得剛剛好。原來在學校任職，安分守己樣，剪了一個俐落學生頭，髮梢看似不安分地染了點色，還是自己染不全的省事。衣著盡量是拘謹的，但帶點夢的式樣，比方領口的花邊總在舊式開襟毛衣中，窮其所有的冒出一朵朵來，不敢張揚。這人管著她的夢，又收得很緊，且異常珍惜著。讓人聯想那些領結與繡花，活得像標本一樣，死氣沉沉地堅持著那點粉色。而陽台上曬著的那件白洋裝，是她要昭示給那個荒廢的社區看，她鮮活動人的海灘回憶（或憧憬），配上一個草帽就是當時美女歌手都流行惺惺作態的出走照片。

你看到那輕飄飄的洋裝，你知道她生了根，盤根結錯的，但這根長的土地是連著她病母的脈息。

因此當她出現在任職的系主任家中，你不驚訝，猶如那系主任坐在飯桌前卻像是高台上被供奉慣了的姿態。儘管是死去的蝴蝶被釘在那裡也可以象徵戀愛的。她為他帶飯、整理衣物，為他計較營養、替他長年作帳，好像那屋子裡的暗影一樣走來走去，安分又不過分。她在演練這屋的妻子，一看就徒費心思了多年，在她要離去，正滿足心願般穿上鞋，系主任一聲：「等會兒妳回家路遠，先上個廁所再走吧。」這樣彷彿就被留下的欣喜，讓她背影有幾分雀躍，鞋子又不敢脫太快。

這「女孩」的夢可別醒，儘管這蝴蝶標本保養得不好，翅膀都粉塵掉了，乾涸的夢偶爾靠男方這一句家常，乍看又飛了一下。至於韓順雲這「女孩」怎麼滯留在這大人身體的？她生活都不忘落下痕跡，邊走邊掉落地自己都無法察覺了。日常磨得人太累，她飛起來的欲望跟沉下去的絕望一樣多，本人是沒有剩下多少實在的力道，心思都散散落落的。

看得人心碎，因你知道她在消失的過程中。
片中有一席飯，她與久病的母親吃著，是她們之間少數平靜沒開戰的時刻。她母親說：「妳總覺得自己最委屈，誰叫妳是最能幹的，自己的小孩，我們都是看在眼裡的。」順雲一口飯含在嘴裡，只能硬吞下去。

她與她母親在那房子裡，跟那待改建的小區一樣，時間是凝結的，只有他們家還在訂報、還有VHS錄影帶，電視機與放映機都是三十年前的機型，只要壞了就是報廢，沒有零件可以修理。老母親總坐在那椅子上聽著京戲，跟著唱著，這家的流水聲不斷，為母親洗滌、清理便溺的沖水聲。除此之外，只有她母親呼喊叫罵的聲音，順雲以碎碎的埋怨代替著回答。除此之外，那裡哪家都沒聲音，只有鄰居的受虐小孩丟著石頭求救，但老母親都聽得到，順雲卻不會聽到。她生活沒有明確的注意力，偶爾乍醒時是發現報紙沒送到，十萬火急地催報與惡狠狠借題發揮，把之前被雨淋濕的報丟給管理員，還有離職前她聽到自己要歸還的文具當初竟然沒清單可查證。「她有多守規矩」這點若沒人看到，歸還就沒意義似的又一把火地把文具拿回來。

她的神魂活在「哪裡」，你在想，原來在那個系主任陪她等公車的站牌下，系主任叮嚀她注意身體，那一刻是永恆似的。燈光昏黃的夜裡，她的開心被她的低頭婉約偷渡著。沒留意那一句：「妳最近閒了，可以看醫生。」那「閒」，是男方一直不了解她的家是某種程度的戰場與壕坑，他無心，她卻總抓著他幾句話當浮木，餓著啃。

她乖到沒想到自己為什麼要乖，母親提到她小時候愛吃麻花捲，她埋了很久的怨說出來：「那是姊姊愛吃，跟妳拿錢，卻拿我當藉口。」為何當年不說？做了那麼多年乖小孩，就是希望人看到，結果換來後半生的六神無主。她兄姊在她母親生病後是缺席的，鮮少問候，她為母親洗澡，隻身扶著母親上舊社區山坡陡峭的階梯，但這時她的寂寞還是有個來由。那形式上的「家」，就算整個社區都破敗了，她還有著她母親「女兒」的身分，不至於無根無著。

順雲這人，怎麼感覺讓人好生面熟，你可能也覺得。成長在一個告訴你夢可以吃的年代，而且可以吃到飽的羅曼史年代，那時畫報上的女孩們穿洋裝，手托腮，含羞帶怯，看著愛情小說與上檔不完的愛情國片，她母親雖是跟著戲班子長大，重罰明賞，但兩個人都沒把女孩時的夢做完，好像有誰賒欠了她們般惡狠狠。母親一有機會就跟人說她在海外發達的兒子要來接她，去看英俊醫生時會著一身喜酒裝，是每個月的大事。而女兒則在餅乾盒中拿出一張系主任給她的合影，後面寫著「讓我們看雲去（當時的流行歌名）。」對她而言如千萬斤的承諾，後來才發現她也不算對方婚姻的第三者。

這夢做太久，砸下來卻是粉身碎骨。近乎無人的社區，小偷來去自如，闖空門的人被同伴慫恿強暴了她，正好那天她穿著彷彿要去海灘的白洋裝。她石化的少女夢、依附在他人身上的存在，在她母親走後，最後一條維繫她如木偶般行動的線消失了，整個木偶才發現自己是團布絨做的，沒有形狀的終於攤成各種扭曲。

當我回頭看，八〇、九〇年代台灣餵養女孩們過多的夢，哭死尋活的愛情戲，都像是有人賣畫眉鳥，籠子只開一個口，讓畫眉鳥伸出牠的頭，露出牠額上的毛色給人鑑定，牠以為那就是全部，就是愛了。

那麼粉紅的傷感，殘缺的都噴出血來了，這故事就這樣淡然的結束，順雲像被關的畫眉鳥無法承受看到天空，一生都在找一隅顧影自憐，形同把自己逼到了絕境。

母女二人身影漸遠，跟那個社區一樣，不冷微涼的在歲月的浸泡裡，夢被拖得像氣球軟爛在路邊，剩下塑膠色而已。女生常被一個地方給困住，情緒隨時間這水流卻怎麼卡也過不去，斑爛甚或張牙舞爪的解脫有天會從粉色中奔流而出，那是女人們的真相，只是順雲一個不留神，夢一早吃了她。

《順雲》（Cloudy）由王明台執導，獲文化部優良電影劇本、二〇一七台北電影獎劇情長片入選、並獲得台北電影獎最佳女配角。年屆六十未婚的韓順雲，為了照顧母親，提早從大學行政人員離職。她們的關係看似彼此依賴，又像是相互折磨，監製王小棣說：「做女兒的柔軟會一路塗抹在你看完電影回家的路上，讓你心痛無語……。」

中年，就是發現
自己變得很陌生——
《厭世媽咪日記》的瑪蘿

「中年」是什麼？
是你走著走著，
發現明明「地圖」顯示出的，
跟自己所在的地方並不一樣。

即使將日子快轉，自己還是滯留在剛剛收拾尿布的當下；即使醒來，自己的睡眠還淺酣於上個月的夢中。印象中很久沒睡飽的妳，那鼾聲擱淺在時間的沙丘上，像個小鯨魚在沙灘做回海洋的夢一般。

即使妳在自己的房子裡，人們不知妳仍像空姐要宣告起飛時，時時感受到需要再深呼吸一次的艙壓。

莎莉賽隆演的這位帶三個稚齡小孩，整個忙不過來的母親瑪蘿，日子像日漸進水的座艙，身體跟腦袋都變得濁重。自己的想法都吃水似地咕嚕咕嚕無法釐清，匆忙且重複的生活轉速將自己的意念瞬間以離心力拋去好遠。沒人跟她說過當妳專職照顧家人（無論老小）時，生活會從線性認知轉為圓周率的進行，這樣地繞著軸心轉，讓妳無法跟周圍人清楚表達自己的感受。

中年人往往會被時間的拋物線給丟包，你會有兩個時區，一個是你自己的，一個是你要照顧的那個人的。你帶了另外一個人的一天在身上，電影裡那媽咪則帶了三個，一天披披掛掛好幾天的分量，一身變得叮叮咚咚。

拼圖錯落，她呈現思考無法再拼成完整圖貌的焦慮。光是看莎莉賽隆的演技與她對自己身體的不再熟悉，你就知道這看似盈滿的女性，內在實在榨不出半點體力的被擱置了，被擱置在一個人生本來應該幸福的點上。

這不只是一部描寫母親有多辛苦的電影，更像是一部描述中年人的電影。你前半生都按著自己內心的地圖指示走，看起來很明確，但抱歉，「中年」是什麼？是你走著走著，發現明明「地圖」顯示出的，跟自己所在的地方並不一樣。

無論是電影《人生剩利組》裡那個抓著他兒子同學講不停的男主角，想要釐清自己是從何時開始走錯了方向，以至於中年的他到了一個自己全然「陌生」的處境？或是美人無法面對遲暮的《藍色茉莉》，還是仍期許自我與眾不同的《鬼店》，也有一度想死在太空裡算了的《地心引力》，還是湯姆漢克在《梭哈人生》，發現身心都在新的荒野裡。《厭世媽咪日記》更是反映主角到中年才發現對自己的陌生，以上都是「我這把歲數是到了什麼鬼地方？原本說好的（當然都是自己想的）什麼跟什麼呢？」的迷路表情。

中年就是一個發現自己原來是「陌生人」的階段，無論是在照鏡子時忽好忽壞的體態，那像走山一樣的時間感化為重量還是明擺你身上，還是像此片主角一樣，明明這一切都是自己當初要的，穩定的婚姻與家庭，當你達到自己的目標，你也夠認份且世故，一切應該是沒問題的。但那個日漸感到陌生的是自己，像是電影中的瑪蘿，真正令她沮喪的不是一回家就打電動逃避家務的老公，而是儘管這一切都是她甘願承受的，但為何她不快樂？不只是時間體力的疲乏，而是她除了是誰的妻子、誰的母親以外，「她本身」還剩下多少？

這如同片中她在百忙裡點了一杯咖啡想喘氣，但卻遇到以前的女同學，那人有著光鮮的白領樣貌，而她走型的身材加上衣服上的奶漬，讓她愣在那裡，舊友重逢卻尷尬非常。如果眼裡投射的都是心裡的預想，她自認的自己是被荒廢掉的，彷彿有人急促敲門提醒著當年那年輕的瑪蘿曾是什麼樣的女孩。

中年背負的是你是「誰的誰」，要對誰負責任。以前那個聒噪的、頻頻疾聲的，甚或是可以神采飛揚的期待、理所當然的憤怒，都被推到「之後再處理」的暗處。年輕的自己並沒有消失，是被整個摺小收攏，不占心頭位置的收放，以求收納你被認知是「誰的誰」的身分能橫擺堆放。包括中年成功者，你總是眾人心中期望的誰，或是自認一般成就者，常必須拉著別人的期待當繩索來摸索前方的道路。扮演好了這一切，那個剩下的「真實自己」才會在你警報器稍稍鬆懈的情況下跑出來。

這是瑪蘿為何在學校企圖逼走她行為障礙的兒子，對老師陪盡笑臉拜託之後，幾乎顫抖般地渴望一杯咖啡，又為何有人需要一根菸、有人急需點開齣劇來追，急需一個道具或儀式讓那個原本的自己出來遛一遛。每天一點時間也好，讓不是「誰的誰」的那個自己跑出來，像奢來的一樣珍貴。這部電影在講這樣的生活處境，瑪蘿的丈夫盡可能地在逃避自己是「誰的誰」，讓有流沙魔力的電玩使他陷入其中，而瑪蘿無可逃避，在這三個孩子之中，分分寸寸地失守了自我，直到她想不起來為止。

直到那個很像她年輕時模樣的夜間保母登門出現為止。那女孩出現，她開始有點精神上的餘裕，讓她像為舊鋼琴調音一樣，一點一點找回對自己似曾相識的感覺。

這是一部非常小品的電影，讓人身歷其境一個母親同時帶幾個小孩，近乎精神衰弱的辛苦，也同時赤裸地揭露一個母親對自己身體自然的陌生，那是一個撫育的戰場，又是一個被質疑是否仍具有性魅力的存在。身體這時才回頭來拷問我們，不同於以往討喜的彈性與活力，拷問著每個中年人，你自知對前方的恐懼與未知並未比年少時少多少，你永遠都有個少年樣的自己在質疑自己，但身體的每分每秒都在推進著，無論你在跑步機上與它的多次拉拒，卻無法否認那簡直像「仇敵」般的親密存在。

至於電影中那夜間保母是誰，像沒有人看到過一樣的，來了又走，那近乎是個詩意的描述了。在為人子、為人母與為人夫等壓力下，在時間分割成碎片般仍不能符合社會期待的中年人，最後仍然需要被年輕的「自己」來拯救。自己曾經多麼愛那少年樣的自己，或曾經有多麼努力地追求過，必須要那個曾經熱愛過什麼的「年輕人」回頭來提醒妳（瑪蘿）：「要記得每天洗澡、對自己好一點。」這像韓劇《我的大叔》另一句中年人的台詞：「每天光是穿上衣服就覺得很累了。」人生總有這時候，身體叫不動，它從最基本的提醒你扛不了這許多。

或許，年輕時要為「自己」好好過，付出或學習到些什麼，因為終究有一天你要轉過身，回去扶住那看似成熟卻搖搖欲墜的自己。這不只是一部母親的電影，同時是一部提醒人「厭世皆有時，但自救靠自己」的電影。你會有多熱愛生命？不急，無論到幾歲，這必考題終會出現。

《厭世媽咪日記》（Tully）由傑森．瑞特曼（《型男飛行日誌》）執導、迪亞布羅．科蒂編劇。故事描述瑪蘿（莎莉賽隆飾）辛苦拉拔兩個孩子長大，每天被家務事逼得喘不過氣來，丈夫總是忙著上班，而第三個孩子的出生成為了壓垮她的最後一根稻草，每天晚上不得好眠，還要面對老二在學校被老師點名轉學的困境。直到有一天，「夜間保母」塔莉上門來幫忙，帶來了她意想不到的改變……爛番茄指數有87％的評價。

每一種空虛都曾被
炙熱燃燒過——
《燃燒烈愛》
的鍾秀與 Ben

原本就什麼意義都沒有的物欲燃燒，
如今在這世上是燒不完的，
且無意義的都正在燃燒著生命。

到處可見的溫室形同虛無的被燃燒，只有心裡的那口深井，如傳說中的不可尋。

你可以看成是兩個男人的對話，一個極貧困與一個極富有。他們中間有一個女孩叫海美，像海市蜃樓一樣的存在過。她的形象裡被填塞了多數人的欲望、物質化的即溶本質，以及渴望自由的淺嚐即止。像如今感覺黏手的金錢糖衣。你我都如口腔期孩童般地離不開它，但舔完糖衣後，除黏膩的記憶外，連核心是什麼都嚐不出來就化掉了。

對於「海美」這個像金錢世界的縮影，天秤上兩端的這兩個男人都因為她而認出彼此的「一無所有」。

這世上所有空虛的本身，都曾炙熱地燃燒過吧。電影中有錢人 Ben 跟鍾秀說他定期燒溫室的意義（無論是否真付諸行動），如同早期村上春樹文學的核心點，原本就是什麼意義都沒有的欲望燃燒，他只是要驗證那把空虛的火，在這世上是燒不完的，以及無意義的都正燃燒著生命而已。

「溫室那種東西，燒了也沒人覺得可惜，也不會有警察關心。」Ben 無所謂的說。無論在電影與小說裡，躲起來的小貓、溫室或是他們眼中的「海美」，與童年海美曾跌進的井，誰也說不出來何者是真實。

如同鍾秀說的，目前的韓國正身處於一個充滿蓋茲比的世界，蓋茲比正是金錢遊戲中代表，有一票人因新產業成為鉅富，不知財富從何而來的錢滾錢。「黛西」對蓋茲比來講真的是心儀的對象嗎？還是他生命中唯一象徵的真實，他因心所託的綠光，讓他能在欲望之舟上如潮起潮退的徘徊。

對鍾秀而言，他雖沒發跡，但心態跟蓋茲比一樣貧窮，在他與海美做愛的那道斜陽下，他眼中緊盯的窗外景物，那剎那，是對這城市的表徵沒有實在感的擁有與宣洩。海美出國旅遊後，他幫她餵貓，但那隻貓沒出現過，他在她房間裡自慰著，仍然緊盯窗外斜陽下的景物，海美像是沙漠中的綠洲，消失與否都必須相信。

「海美」少女似的撒野、適度的作亂與嚮往自由，足以將他包圍，家中破落的萎靡鍾秀，需要抓住這花花世界的這點哀憫，甚至在日復一日的低收入勞動中，克制不了自己想追隨那女孩一起自毀的衝動。

對富有的 Ben 來說，「海美」這存在又是什麼？他們在一次流浪之旅相遇，海美與如今很多人一樣，藉由旅遊找尋生命的真實感，他玩賞著這女孩的掙扎，像看蛾子趨光的飛舞。直到因為海美而認識了鍾秀，他才起了一點好奇心，因兩者都有逃不掉的空虛。

這世上，不是每個人都識得空虛的，在空虛裡的人，有多數人會變成空虛的本身，如同 Ben 的好友們，索然無味的對話，仍定期相聚，正因為他們交換的資訊都意在顯示自己的階級與品味，已變成「空虛」的人並不會知道空虛的存在。

因此 Ben 在旁的玩賞眼光變得冷冽，他對鍾秀的好奇基於他在這一片無意義中，看到一個仍在尋找意義的人，光是鍾秀想當作家這件事，就讓他好奇，因為文學是對於「意義」的堅持，在最該放棄的這窮人身上，他極度好奇鍾秀堅持的理由。

兩人互為表裡，Ben 這一邊如此嘲笑著眾人的墮落，鍾秀那一面在社會的踐踏中，尋找一個找不到的東西。包括讓他最執著的是在小時候「掉入井底的海美」，這個被所有物質文明標註，也成為別人欲望的化身的人，卻時時近乎於消失的存在，她在眾人面前表演著一切欲望，卻沒人在乎她，「海美」在每個景幕裡都是沒人在乎的可有可無，如同玩具城裡的娃娃。

海美在這故事裡是一個象徵，包括她教人忘記根本沒有橘子的默劇、她那隻神隱的貓、她曾說自己跌落的井（同鄉的人幾乎沒人記得有那口井），「海美」的存在像是對「真實」是什麼的提問。

海美幻化成他們心中一點抒情的存在，男主角鍾秀在海美身上寄託的是根本性的欲望，身為各種角色扮演的海美，在他者眼中等於花花世界的象徵，鍾秀向這花花世界求歡著，所以在無人的海美房間中，日頭落下後，他無人知曉地在窗邊自瀆著，同鄉的海美也像他另一面的自己，在發跡的欲望之下，他是否也有另一面的自己困在故鄉的那口井裡，與海美一樣動彈不得。

困在井裡的真實海美，是否就始終沒出來過？「井」在村上的小說裡，通常是追尋本我的隱喻，「真實的海美」真的有出來過嗎？

這部電影好讀取的是表象，表面是主角懷疑他暗戀的人被殺了，從而從Ben這謎樣人物找尋線索，但難抓取的是隱喻，所有看到的東西與人都像是虛假的，找不到被燒的「溫室」只是其中的象徵之一，看不到的井與難辨真偽的貓，才是主角鍾秀在這世上遍尋不著的真實。

裡面有兩段台詞說明了李滄東想表達的當代年輕人困境。海美企圖流浪找生命意義，到了肯亞看到壯麗的晚霞，看它從清亮到滿佈著橙光的西沉，從沒看過這樣大片天空的海美說：「好想跟著這光暈一起消失，但卻害怕死亡。」雖然生活在這麼多道景劇的虛假裡，但仍不能承受人生有如此真實的一面。

Ben在同一個場景裡說：「我從沒掉過淚，沒有眼淚當證據，無法確認什麼是悲傷。」抓不出什麼確切的感受，這樣浮浮沉沉在欲望之都裡，抓到的情緒斷簡殘篇的。眼淚是個外顯的證據，那些無法外顯的，在這世上都看似無價值。對於每個人如今過度外顯的歡笑與眼淚，你手機一滑，情感論斤秤兩而過，人們彼此交換的是什麼。

那些無法外顯的，時不時與外界的空虛牴觸，螢幕上能有幾分真實的自己？如海美的真實一樣難測。

這部電影長達兩個半小時，多數時候走的是隱喻，當下並不悅人。事後你才發現主角口中燒的溫室，是大片大片無意義的浪費表象，但燒不完，你永遠在別人意圖放大的「燃燒烈愛」中，自己只能像劉亞仁演的鍾秀一樣，反感到冰冷的四處尋找真實。

三人的真實都被外界虛構了，苦於無從找回。

法國哲學家布希亞曾說過：「如今真實的定義已經變成了，不僅可以一再被複製，而且早已經只是複製品了。」安迪沃荷的每人成名十五分鐘也已非獨一無二，真正的價值是什麼？沒有人可以在你眼前活出來，大量的贗品取代了真實。

李滄東從一個富人與窮人的對話中，試圖引出引誘兩者的都是空虛，真的值得人「燃燒烈愛」的，不是餘燼象徵的「海美」，而是她口中的那片晚霞，那每個人是否能至少「真實」十五分鐘，以及是否有勇氣延長的那些時分，這時代要對抗滿滿的空虛，是像睜眼瞎子做的事。

無論村上的文本（收錄在《螢火蟲》一書），還是李滄東改編過的這部電影，空虛都重重地掉下來，李滄東想以此片表達的年輕人面對的艱難現實，是超越了貧富，看到兩者感到貧乏的都是以假亂真的現實。這證實了 Ben 那沒有眼淚的，卻日以繼夜的悲傷。

也證實了海美表演的「忘記根本沒有橘子」。這世間「真的」什麼都沒有，那口井終是在心底的，那橘子才是這世界的真相。

《燃燒烈愛》（Burning）此片讓韓國導演李滄東拿下坎城影評人費比西獎，故事改編自村上春樹短篇作品《燒穀倉》（又譯《燃燒柴房》，此短篇出於《螢火蟲》一書）。新世代影帝劉亞仁與《陰屍路》史蒂芬元、新星全鍾淑主演。講述生活圈完全沒有交集的兩個極端男人鍾秀（劉亞仁飾）、Ben（史蒂芬元飾）和女主角海美（全鍾淑飾）之間發生的故事。主角鍾秀原是送貨員，在某個平凡午後，邂逅了名叫海美的女孩，偶然聊天的過程中發現兩人原是同鄉，因此也更拉近了彼此的距離。然而在無法預期的情況下，海美身邊多了一個男伴Ben，雖然Ben看起來非常和善，但仍讓鍾秀對他產生顧忌，後來鍾秀開始一直聯繫不到海美，卻在Ben的車上看見他送給海美的手錶……。本片在71屆坎城Screen刊物上獲得3.8的高分，並獲選為第71屆坎城影展正式競賽片。

【後記】因為深情目送，所以冷冷告白

如果想像起樣貌森嚴工整的階級社會，通過X光照射後，它會呈現什麼景象？

我想像的就是骨子裡人性的野生野長吧。大把的樹叢野花，與泥土混雜的味道，襯著秋天葉子敗落的氣息。一方是開枝散葉的老樹，都出了籬笆之外，另一方是台北市以前常看到的木棉花掉落的景象。不甚香的一種花，但沾了泥水後的橘紅花瓣，心頭豔得過於赤裸，凋落後又生出灰撲果實，那往土裡長的決心，頑強地死活再來。那時我想原來有一種花，是在掉落後，才不甘心地死豔異常。

那花之前多半種在市區仁愛路、羅斯福路，好像是人文區，人們認為的富裕之地，即使是那裡，也沒有與花呼應的街景，我不懂欣賞，這樣不雅不俗，只感花的執念。

這花那時常見，我生長的時空是八〇年代，正是階級可以移動的時候，人們爬得緊，都跟著順勢而上，社會氣氛是興奮的，彷彿我們正迎向一個大未來。

然而當我下筆寫《階級病院》時，階級從原本可以蜿蜒向上的，現在卻實心顯出它的重量。人們原本祕而不宣的地位，如今都敲鑼打鼓地宣稱自身正在哪個級數之上，而下面的人們真的在看著上方那一齣齣大戲，彷彿離得遙遠到當了真。

階級真像了一個集體信仰，這世人追隨階級爬藤而生的樣貌，集體上了發條的宗教，四面八方的或直播，或陳述，或攔截你的注意力。人們開始更趨於做同一種大夢，追求雷同的幸福、競逐同一場沒有截止的輸贏，如此方方格格的生活想像，讓人心的殘枝敗絮更流洩出來，外露的枝枒更無法無天地在心裡蔓生著，更狂躁的情緒奔騰地如被堵塞住。

人追求的井然，下方正是相反的漫天野草。但我們一味地修剪上面的小枝小葉，人性無所謂的貪、無因由的求，都被勾出來了，彷彿前方真有什麼香噴噴的餌，真有海市蜃樓的人生、真有五官如被尺量的過度美、真有金剛不壞的地位。

我們被勾出來的虛無，滔滔像海一樣，追隨著我們岸上的大城高樓，那野生的海裡有著各種的不馴，讓我們既服從大城高樓的金科玉律，又想將其打掉重練。人這是在求取應接不暇之時，又抓出了自毀之心。

這文明遊戲玩太大了，你伸手就抓空，想著卻實在的飢渴。逐漸地，都訴諸於直覺性的追求、工具性的理智，大過於為何想要，為何追求。心被踩成肥沃的土壤，可以生出各種怪形異胎，這是金錢與階級被宗教化的結果，沒有來由的追求，全身奉獻般的供給。

每個肉身都在壯大我們的文明，上面栽種一盆欲望，另外植栽一點獎勵，以為是更好的樣貌，我們正如羅馬時代，對於自己的外型癡迷，如同我們也是榮耀這文明的一部分，我們也如馬雅文明，迷信著年輕靈魂，如同這是我們想像的世界。

剃毛除邊的，我們的人性在階級的目視下，剪裁再剪裁、對摺又對摺，有人沒覺得不好，有人卻無法讓自己全心全身地供養同一種價值。

以前有一句名言：如今的人醜也醜得差不多，美也美得很像。更如今是成功也成功得差不多、富有得形同重播，失敗則是滿坑滿谷。我們雖最文明也回到遠古，我們統一了在一個盆栽中，下面球莖如何扭歪纏繞、人形如何乖張地掙扎，從上看都是花團錦簇的工整，我們果真迎來了一個「大世界」。

心碎也不算什麼，落寞也是他門他院的事，核心點永遠鑼鼓喧天，與你無關，除非你迎合。

寫這本書之前，我問自己可以有多誠實，這社會每一種階級都像種盆栽一樣，經過長久的教育與浸淫，如果我一寫出自己，也必須要把根都拔起似的清理。在這病院裡，我怎麼可能沒有病根？人都說寫散文必須誠實，當時答應編輯嘗試，試著才知，自己一直是等著戲演完，喜歡人走茶涼的那個觀眾，等著下場戲來不當真，但我其實都當真了。從小家裡有過多長輩，隨時都在做離別的心理準備的自己，習慣把現實當戲看，不要到時太狼狽。

這是我為何從電影文字開始寫雜文，我原本就是個記錄繁華之後的人，也有記錄繁華的欲望。

從小看著長輩們的生活，那些階級的方格，早早迎面而來，我只當它是不下場的戲，然後我走出這真實裡，拿一個板凳把我看到的寫出來。在掉淚之前，告訴自己，一切都還來不及哀傷，要將這井然下的紛雜都記錄下來，以看過過去的眼，看著現在，在我們走向未來之前，只想這樣深情的目送，如此，有了這本書。

在我們情感落陷在蛛網世界之上，變得微不足道前，呈現它的重量，不負身為一個人在階級前的最後表態。以前讀書時都笑唐吉訶德傻，如今提筆寫的盡是「唐吉訶德」。

麥田文學 308

階級病院

作　　者　馬　欣
責任編輯　張桓瑋

版　　權　吳玲緯　蔡傳宜
行　　銷　艾青荷　蘇莞婷　黃家瑜
業　　務　李再星　陳玫潾　陳美燕　馮逸華
副總編輯　林秀梅
編輯總監　劉麗真
總 經 理　陳逸瑛
發 行 人　涂玉雲

出　　版　麥田出版
104台北市民生東路二段141號5樓
電話：(886)2-2500-7696　傳真：(886)2-2500-1967
發　　行　英屬蓋曼群島商家庭傳媒股份有限公司城邦分公司
104台北市民生東路二段141號11樓
書虫客服服務專線：(886)2-2500-7718、2500-7719
24小時傳真服務：(886)2-2500-1990、2500-1991
服務時間：週一至週五09:30-12:00・13:30-17:00
郵撥帳號：19863813　戶名：書虫股份有限公司
讀者服務信箱E-mail：service@readingclub.com.tw
麥田部落格：http://blog.pixnet.net/ryefield
麥田出版Facebook：https://www.facebook.com/RyeField.Cite/

香港發行所　城邦（香港）出版集團有限公司
香港灣仔駱克道193號東超商業中心1樓
電話：(852) 2508-6231　傳真：(852) 2578-9337
E-mail：hkcite@biznetvigator.com

馬新發行所　城邦（馬新）出版集團【Cite(M) Sdn. Bhd. (458372U)】
41, Jalan Radin Anum, Bandar Baru Sri Petaling,
57000 Kuala Lumpur, Malaysia.
電話：(603)9057-8822
傳真：(603)9057-6622
E-mail：cite@cite.com.my

封面設計　朱疋
電腦排版　宸遠彩藝有限公司
印　　刷　前進彩藝有限公司

初版一刷　2018年10月

定價／350元
ISBN：978-986-344-596-8

國家圖書館出版品預行編目資料

階級病院 / 馬欣著. -- 初版. -- 臺北市 : 麥田出版 : 家庭傳媒城邦分公司發行, 2018.10
面；　公分. --（麥田文學 ; 308）

ISBN 978-986-344-596-8（平裝）

855　　107015860